夜鶯眼中的惡靈

A. S. 拜厄特童話作品集

A. S.
BYATT

A. S. 拜厄特 著

李函 譯

THE DJINN IN THE NIGHTINGALE'S EYE

獻給傑瓦特．查潘（Cevat Çapan）。

目錄

玻璃棺

很久以前有個小裁縫，他是個平平無奇的善良人。一天，或許是為了尋找工作，他恰好穿越森林。那時，人們會為了維持生計而走過漫漫長路，也沒有太多人需要優異的工匠，就像我們的英雄；大部分的人寧可穿著不合身又易破損的廉價草率作品。然而，小裁縫相信自己會遇上某位需要他技術的人——他是個無可救藥的樂觀主義者，總想著賞識者或許就在下一個轉角，不過他實在不知道要上哪去找。

小裁縫更加深入漆黑濃密的樹林，月光為青苔鋪上星星點點的灰藍色光點，不足以供他視物。幸好他終於在森林深處的一處空地，碰到一幢等他上門的小屋子。看到百葉窗透出的黃色光線，他為之一振，大膽地敲了敲這棟房屋的門。隨著一股沙沙聲和嘎吱聲響起，門板打開了一道小縫。一名矮小的男人站在門口，臉色死灰如同早晨火爐的灰燼，羊毛般的長鬍子也是灰色的。

「我在森林裡迷路了，我是個旅人，」小裁縫說，「也是個工匠大師，正在找工作，希望能找到就是了。」

「我不需要工匠大師。」小灰男人說，「還很怕小偷，你不能進來。」

「如果我是小偷，就會破門而入，或偷溜進去。」小裁縫解釋，「我只是個需要幫忙的誠實裁縫。」

矮小男人身後站著條大灰狗，和男人一樣高，還有一雙紅色眼睛，嘴裡吐著熾熱的氣息。一開始這隻動物發出低吼聲，但漸漸放鬆警戒，最後緩緩搖起了尾巴。

小灰人說：「奧圖認為你很誠實。今晚你可以用一晚的踏實工作來交換睡覺的床鋪。你得幫我煮飯、打掃，還有打理好這棟小屋子裡的一切。」

於是他讓裁縫進門。這家人十分奇特，有隻色彩亮麗的公雞和牠純白色的妻子站在搖椅上；火爐旁的一角躺著一隻體型碩大的貓，正抬頭盯著小裁縫，雙眼如兩顆冰冷的綠寶石，瞳孔則像兩道黑色細縫。餐桌後方有頭柔弱的灰牛，牠吐著白氣，鼻子又濕又熱，還長了雙巨大的柔和棕眼。「早安。」裁縫對這些動物說，他認為禮貌至關重要。生物們齊齊精明地打量著他。

「你可以在廚房找到吃的跟喝的，」小灰人說，「幫我們做適合大家的晚餐，我們一起吃。」

於是小裁縫轉身動工，用他找到的麵粉、鮮肉和洋蔥做了個不錯的派，還將麵團揉成葉片、花朵裝飾派皮表面——即便他無法運用自己的技藝，他依然是名工匠。在烤派時他四處張望，拿乾草給牛隻和山羊、送牛奶給貓，再拿菜餚裡的骨頭和肉餵狗。當裁縫和小灰人吃派時，溫暖的香味瀰漫整個小屋。

小灰人開口：「奧圖說得對，你是個善良又誠實的人。你照顧了這裡的所有生物，服務每個對象，也做完所有雜務。為了獎勵你的善良，我要送你一個禮物。在這些東西裡面，你想要哪一個呢？」

他在裁縫面前擺了三樣東西。第一個是用軟皮革製成的小皮包；當他放下皮包，裡頭隱隱鏗鏘作響。第二個是煮菜鍋，外頭漆黑，裡頭光滑閃亮，材質堅固，鍋口寬闊。第三個則是把小玻璃鑰匙，外型奇特而纖細，還閃著彩虹光芒。裁縫望向旁觀的動物們想尋求建議，然而動物們只是溫和地回看他。

他心想：我知道這類來自森林居民的禮物，或許第一個是永遠不會變空的皮包；第二個則是當你用正確方法下令，就會變出佳餚的鍋子。我聽過這種東西，也遇過從這類皮包中獲利、和從這類鍋子中用過餐的人，可我從來沒看過或聽說過玻璃鑰匙，也無法想像它有什麼用，它似乎在任何鎖孔裡都只會顫動。但他想要這把小玻璃鑰匙，因為他是名工匠，明白得用上高超的技術，才能製作出這樣纖細的鎖齒與鑰桿。況且他不曉得玻璃鑰匙有什麼能力，而好奇心正是人類生命中強大的動力。

於是他對小矮人說：「我要那把漂亮的玻璃鑰匙。」

小矮人回答：「你並沒有仰賴謹慎來做出選擇，而是憑藉著膽量。這把鑰匙將開啟一段冒險，只看你願不願意去尋找了。」

「有何不可？」裁縫回答，「我的技藝在這蠻荒之地毫無用處，何況我也不是靠謹慎來做決定。」

這時動物紛紛靠近，氣息溫暖濃郁，聞起來充滿乾草與夏季的甜味。牠們溫和且安詳的目光不似人類。狗兒把沉重的頭枕在裁縫腳上，虎斑貓則坐在他椅子的扶手上。

「現在你要離開這棟屋子，」小灰人說，「然後呼喚西風，給她看你的鑰匙。等她過來，就讓她隨意帶你去任何地方，不用掙扎也不必緊張。如果你抗拒或質疑西風，她就會把你扔到荊棘上，你會痛苦不堪直到掙脫成功。

如果她願意帶你走，會把你放在一處荒地的某塊大石頭上。那是一塊花崗岩，也是通往冒險的大門，不過它看起來紋風不動，彷彿從世界之初就固定在那裡一般。你得在這塊石頭上擺放一根我家公雞的尾羽，牠會願意給你的。接著門就會為你敞開，你要無所畏懼、毫不猶豫地往下走，繼續前進。你可以把玻璃鑰匙舉到面前，它能照亮你的路。

最後你會來到一處岩石門廳，那裡有兩扇門通往不同岔路，但這兩條路都絕對不能走；有另一個掛著簾幕的矮門，那扇門才會通往繼續往下的路。記住絕對不能用手摸簾幕，你要在上面擺上乳白色的羽毛，母雞會把羽毛給你。這時無形的力量會無聲掀起簾幕，彼端的門也會打開，你就能走進大廳，找到你尋覓的東西。」

「好吧，我這就去冒險。」小裁縫說，「不過我很害怕地底的黑暗，那裡沒有陽光，上頭的地層又密又重。」

於是公雞和母雞分別讓他拿了根又滑又亮的黑綠色羽毛，和柔軟的乳白色羽毛。他向所有生物道別，再次踏上空地，舉起他的鑰匙呼喚西風。

當西風悠長的氣流穿過樹林、將他托起，他感覺到一股愉快又令人訝異的感受。樹葉沙沙作響，隨著西風拂過而顫動，屋子前的乾草也隨之搖擺；塵土飄揚，又落回地面形成一個個小土堆。當他穿過森林，樹木用枝枒抓向他，他只能在強風中四處閃躲。而當哀鳴的西風颳過天空，他感覺自己正緊靠在強風無形的胸口上。他把臉貼在枕頭般的空氣上，沒有尖叫或掙扎。西風發出嘆息般的歌聲，雨絲與暖陽包覆著他，雲朵飄蕩，星光閃動。

如小灰人所說，西風將他放在一塊灰色花崗岩上，那塊岩石歷經風霜，寸草不生。他聽到西風離開時發出的呼嘯尖鳴，便彎下腰將公雞羽毛放在石頭上。巨石隨即發出沉重的哀嘆與摩擦聲，接著便飛上天空，再落回地面。大地彷彿失去平衡，如洶湧的波濤捲起滾滾塵土與石南花；在石南花和金雀花盤根錯節的根部下，露出一條漆黑濕冷的通道。

小裁縫鼓起滿滿的勇氣走了進去，只能在心裡擔憂著頭頂的岩石、泥炭和土壤的厚度。周圍的空氣冷冽潮濕，腳下的地面也飽含水分。他想到自己的小鑰匙，便勇敢地將它舉到面前。鑰匙發出一條細細的銀白色光芒，剛好照亮一步的距離。終於他抵達門廳，這裡有三道門。兩道巨門的門檻下散發著溫暖誘人的光，第三道門則藏在發霉的皮革簾幕後。他用柔軟的母雞羽毛尖端輕刷簾幕，簾幕便如同有稜有角的蝠翼般折起，後頭出現一道黑暗小門，通往一處小洞穴。洞穴十分狹窄，他覺得自己也許只能勉強把雙肩塞進去。此時他真心感到畏懼，因為他的灰矮朋友完全沒提到這條通道有多窄小，他也覺得自己一旦探頭進去，可能再也無法活著出來了。

他往身後望去，發現剛走下來的通道只不過是眾多路徑之一。所有通道曲折蜿蜒，還有不少蚯蚓；洞壁滴著水，樹根盤根錯節。他覺得自己永遠無法找到回去的路，只好繼續前進，看看前方究竟有些什麼。他鼓起所有勇氣，才敢把頭和肩膀塞進洞口。他閉上眼睛扭動身體，過了一陣子，他竟鑽進某座龐大的石廳，裡頭的柔光使他晶亮的鑰匙都顯得黯淡。他心想，玻璃居然沒有在他奮力掙扎時碎裂，真是個奇蹟，鑰匙依然透亮而纖細。

這時他環顧四周，看見三個東西。第一個是成堆的玻璃瓶和酒瓶，上頭覆滿塵埃與蜘蛛網。第二個是可容納一人的玻璃圓頂，比我們的英雄稍微高一點。第三個則是一具閃亮的玻璃棺，下方墊著華美的天鵝絨棺罩，再擺在鍍金支架上。在柔光的照耀下，整個棺槨有如深海裡的珍珠閃耀生輝，又像南方海域夜晚水面上的磷光，抑或是我們漆黑的海峽上，乳白色的波光在淺灘起伏，銀色浪花在其間閃爍。

他想，好吧，這些東西的其中之一或全部，就是我的冒險。他望向色彩繽紛的瓶子，瓶子有紅有綠，還有藍色和暈染般的黃玉色。裡頭似乎裝著無形的輕煙，其中一只瓶中有一縷煙霧，另一只則裝有晃動的酒液；所有瓶子都用塞子封好。他十分謹慎，在弄清楚自己身在何處與該怎麼做之前，他不願打開瓶蓋。

他再走到圓頂旁，這面玻璃圓頂就像你客廳裡的魔術螢幕一般，上頭映著各種漂亮的小鳥，如同待在枝頭般生動，更有四處飛舞的神祕飛蛾與蝴蝶。或許這就像一顆裡頭有棟小屋子的水晶球？當你搖晃水晶球，便會產生絢麗的暴風雪。這座圓頂還映照出一座位於美麗公園中的城堡。公園裡有樹木、露台、花園，還有魚池和爬藤玫瑰；城堡的諸多塔樓上懸掛著明亮的旗幟，建築氣派而美麗，窗戶無數，樓梯蜿蜒，下方鋪著草皮，樹上還有鞦韆。所有你對寬敞宜人的居所的想像，這裡都有。不過一切靜止不動，也小到需要用放大鏡才能看到其中精緻的雕刻與小物件。

如我之前說的，小裁縫畢竟是名工匠，他驚奇地盯著這座精美的模型，無法想像是哪種巧妙的工具或裝置，能雕刻、打造出這種作品。他稍微拂去上頭的灰塵好更仔細地欣賞，接著再走到玻璃棺旁。

你可留意過，當湍急的溪水流過小瀑布後，流水會變得多麼光滑？水底婀娜的水草順著平滑的溪水漂蕩、顫動，在水中完全伸展開來。玻璃棺厚重的玻璃下有一大團金色長線，翻滾的線團填滿了整座棺材。

起初小裁縫還以為他發現了一口裝滿金線的棺材，這些線可能是用來縫製金衣的。但他在線團之間赫然發現一張臉，那是他唯有在夢境或幻想中見過、最美麗的臉龐。那張臉蛋毫無動靜，蒼白的臉頰上長了一雙金色長睫毛，還有張完美的淡色小嘴。她的金髮如斗篷般披散在她周圍，唯有臉上的髮絲隨著她的呼吸微微顫動，讓小裁縫明白她活著。

他知道——畢竟這是常理——冒險的真正目的便是解放這名熟睡的女孩，她將感激涕零，成為他的新娘。但她如此美麗安詳，使他不太願意打擾她。他頓時生出上千個荒謬的問題，想知道她是怎麼來到這裡，又在這裡待了多久，嗓音聽起來如何。女孩仍繼續呼吸，吹拂著金色髮絲。

這座棺材沒有縫隙或裂痕，看起來就像顆綠色冰蛋一般光滑，只有側面有個小鑰匙孔。他知道這就是他那把精巧的小鑰匙歸屬的地方，於是他嘆了口氣，將鑰匙插入孔中靜靜等待。小鑰匙滑入鑰匙孔的那一刻便立刻融化，彷彿與玻璃棺合而為一。剎那間，完美閉合、光滑無比的棺材，以無比整齊的方式裂成細長的碎冰，發出宛如鈴聲般的奇特叮噹聲響。而當碎片碰觸到地面便立即消失，只見沉睡的女子睜開如長春花又如夏日晴空般蔚藍的雙眼。小裁縫深知自己這時該做什麼，他彎腰吻了對方完美的臉頰。

「你一定就是那個人。」年輕女子說，「你就是我一直在等待的人，解救我脫離魔法。你一定就是王子。」

「啊，不，」我們的英雄開口，「妳搞錯了。我只不過是、也恰好是個優秀的工匠和裁縫，正在為我的雙手尋找一份踏實的工作好維生。」

年輕女子隨即愉快地笑出聲來。她的嗓音在多年沉默後依然有力，笑聲響徹整座奇異的地窖，玻璃碎片也如同碎鈴般叮噹作響。「如果你能帶我離開這個黑暗之地，就會得到用不完的獎賞，足夠維持一輩子的生計。」她說，「你看到那座被鎖在玻璃裡頭的華麗城堡了嗎？」

「有，我也對它的製作工藝大感驚奇。」

「那並不是雕刻師或微縮工匠的作品，而是黑魔法。那裡就是我居住的城堡，周圍的森林跟草地也屬於我。我和我親愛的弟弟在那裡自由生活，直到某個黑魔法師有天晚上前來躲避惡劣天氣。

我有個雙胞胎弟弟，他和白日一樣俊美，如幼鹿般溫和，也像新鮮的麵包和奶油般可人。我很喜歡他的陪伴，他也同樣因我而感到開心，因此我們發誓永遠不結婚，永遠平靜地住在城堡裡，終生共同狩獵與玩樂。

有一天，強風在外頭呼嘯作響，這個陌生人敲響了門，濕漉漉的帽子和斗篷流下雨水，而他面露微笑。我弟弟熱切地邀他進門，給他肉跟葡萄酒，也讓他留下來過夜，並跟對方唱歌、打牌。他們坐在火爐邊，聊著世界之大跟其中的冒險。我對此不太高興，也對我弟弟和別人處得這麼開心感到難過。於是我提早上床，躺著聽西風在塔樓邊發出尖鳴，過了一會就在不安中入睡。

後來一股奇異又叮咚作響的美妙音樂在我身邊響起，喚醒了我。我坐起身，想看看究竟發生了什麼事，就發現我的房門被緩緩打開，那名陌生人全身乾爽，走了進來。他留著黑色捲髮，臉上露出危險的笑容。我試圖移動，卻動彈不得，彷彿有繩索纏住了我的身體，還有另一條繩子綁住我的臉。他告訴我他不打算傷害我，但他是個魔法師，能在我身邊響起音樂，也想和我結婚，和我跟我弟弟從此平靜地同住在我的城堡裡。他終於容許我回答，我就說自己不想結婚，只想單身和我親愛的弟弟獨自同住。於是他回答那不可能成真的，無論我願不願意，他都會娶我，我弟弟也這麼想。我說，我們等著瞧吧。隨著無形樂器在房內叮叮噹噹，他大言不慚地回答：『妳儘管瞧，但妳無法提起這件事，或任何在這裡發生的細節，因為我已經讓妳三緘其口，就像我割下了妳的舌頭。』

隔天我嘗試警告我弟弟，卻像黑魔法師說的，當我開口提起這件事，就彷彿有人把我的嘴唇用針線縫起來，舌頭也動彈不得；但我可以請他把鹽遞給我，或是討論惡劣的天氣。所以我的弟弟完全沒發現任何異狀，這讓我大為光火。他反而愉快地和他的新朋友出門打獵，把我留在家。我沉默地獨自坐在火邊，對未來可能發生的事感到痛苦。我坐了一整天，接近傍晚，城堡草坪上的陰影已經變長，最後一絲陽光也變得昏黃而冷冽，這時我清楚有某種壞事發生了。

我跑出城堡，往漆黑的樹林前進，只見黑魔法師走出漆黑的樹林，一手牽著他的馬，另一手牽著一頭灰色獵犬，我從沒見過如此悲傷的狗。他告訴我，我弟弟忽然離開了，要很長一段時間後才會回來。他把我和城堡交給這位黑魔法師保管。魔法師開心地告訴我這件事，彷彿無論我相不相信都不重要。我說，自己不會接受這種不公，也慶幸聽到自己的語氣穩定而充滿自信。我實在害怕自己的嘴唇沒辦法出聲。當我開口，灰色獵犬流下斗大淚珠，沉重的淚水越聚越多。我清楚地知道，那隻虛弱而無助的動物就是我弟弟。我勃然大怒，說我永遠不會讓他進入我家或靠近我。他則說我想得沒錯，沒有我的許可，他什麼都不會做；如果我允許的話，他將努力爭取我的許可。我說永遠不可能，他也別想作夢。接著他發起火來，威脅我說如果我不同意的話，他就會讓我永遠沉默。我說少了我親愛的弟弟，我根本不在乎自己待在哪，也不願意和任何人說話。他說，等到在玻璃棺裡待上一百年後，我就看看妳還敢不敢說大話。他比畫了幾下，城堡就逐漸縮小，變成你現在看到的模樣。他又比畫比畫，玻璃就包住城堡，像你現在看到的。你也可以看到，他把我的人民——也就是那些跑來查看的男子和女僕們，全都囚禁在玻璃瓶中。最後他把我關進玻璃棺裡，你就是在裡頭發現我的。如果你願意接受我，我們就得趁魔法師回來前趕快從這裡逃走，他經常過來看我有沒有心軟。」

「我當然願意接受妳。」小裁縫說，「妳就是我注定碰上的驚喜，我用消失的玻璃鑰匙解放了妳，也已經愛上妳了。不過，就因為我打開玻璃棺，妳就想和我共度一生，這點讓我不太明白。等妳重返王位，再度擁有妳的家園、土地和人民，我相信妳還是能自由考量這件事。如果妳想，也能繼續維持單身未婚的狀態。對我來說，能目睹妳的秀麗金髮，還用嘴唇碰觸妳潔白優美的臉頰，就已經夠幸運了。」

我親愛而單純的讀者，你們或許會思考，他的話語究竟是種溫柔還是狡猾？這位女士認為獻出自己是否自願至關重要，且無論任何人都會想在那樣的城堡與花園度過餘生，儘管現在的尺寸跟細線與頂針無異，但依然散發著王族氣息，華美絕倫。

美麗女子的白色臉頰，隨即染上溫暖的紅潤色澤。小裁縫聽到對方小聲說，咒語就是這麼回事，當玻璃棺被成功破壞，得到的吻就是個承諾，無論是在自願或非自願的狀況下。情況變得有趣起來，兩人因此禮貌地爭執其中的道德細節。

只聽一陣急促的腳步聲傳來，還有陣陣悠揚的撥弦聲。女子頓時變得激動，說魔法師正在過來的途中。我們的英雄心一沉，恐懼起來，他的矮灰導師可沒有教他如何處理這種狀況。不過，他心想，我得盡力保護這女孩，我虧欠她很多——無論如何，我肯定把她從沉睡與沉默中喚醒了。

除了尖針和剪刀，他沒有攜帶武器，但他想到自己可以使用破碎棺材留下的玻璃碎片。於是他拿起最長、最尖的碎片，並用皮革圍裙包住用手握住的位置，靜靜等待。

黑魔法師出現在門檻邊，黑斗篷隨風飄逸，露出狠勁十足的笑容。小裁縫渾身顫抖，舉起他的碎片，暗忖他的敵人肯定會使出魔法還擊，或在他攻擊時冰凍他的手，但對方只是不斷前進。魔法師走上前，伸出一隻手想碰女子，這時我們的英雄用盡全力刺向對方的心臟。玻璃碎片深深地插入，對方摔倒在地。看呀，他在他們面前萎縮乾枯，化為一小撮灰色塵埃和玻璃粉末。

女子流下淚來，說裁縫已拯救了她兩次，絕對配得上她。她拍拍手，所有事物忽然升上空中，包括男女、房屋、玻璃瓶和塵堆。小裁縫發現自己身處寒冷的山坡上，先前的小灰人和獵犬奧圖也站在那裡。身為我睿智的讀者，應該會明白奧圖正是棺材中女子的弟弟變成的。她抱住獵犬毛茸茸的脖子，流下晶瑩剔透的眼淚。當她的淚水與大狗臉頰上的鹹淚交融，魔咒就此解除，身穿狩獵服的金髮年輕人站在她面前。兩人滿心喜悅地相擁了好一陣子。

另一頭，得到小灰人幫助的小裁縫，用公雞和母雞的兩根羽毛撥弄裝載城堡的玻璃圓頂。隨著奇異的窸窣轟隆聲響起，城堡恢復了原有的模樣，華麗的階梯與無數房門呈現在眼前。小裁縫與小灰人打開瓶罐，液體和煙霧便從瓶頸呼嘯竄出，形成男男女女：管家和護林人，廚師和女僕；眾人皆訝異無比地發現自己出現在此。

女子隨即告訴她弟弟，是小裁縫拯救了她，讓她脫離長眠，還殺了黑魔法師，因此贏得了娶她的權利。年輕人附和道，裁縫對他付出了善心，也該和他們倆住在城堡裡，一同幸福快樂地生活。於是，他們的確愉快地生活在一起。年輕人和他姊姊會去野林中狩獵，而天性並非如此的小裁縫，則待在壁爐旁，與他們共度快樂的夜晚。似乎漏了一件事——少了技藝，就稱不上名符其實的工匠了。於是小裁縫下令讓人送來最精緻的絲綢與華美的絲線，這次他為了自娛自樂，製作出曾一度為了餬口所創作的作品。

哥德的故事

從前有個年輕水手，除了勇氣與**明亮無比**的藍眼睛，以及眾神賜予他的力氣外，他一無所有。不過這樣也已足夠。

他不適合村裡的任何女孩，因為人們覺得他魯莽又貧困，但年輕女孩總喜歡在他經過時看他，尤其喜歡看他跳舞。他雙腿修長、腳步靈活，臉上總洋溢著笑。

有個女孩特別喜歡看他，她是磨坊主的女兒。女孩美麗優雅，驕矜自喜，裙子上還繫了三條絲絨緞帶。她一點都不想讓男孩發現自己喜歡看他；當他把目光轉開，她才悄悄偷看。許多人也會這樣。總有些人廣受關注，另些人則會為了得到景仰的一瞥而吹起口哨，直到對方憤怒地向自己撲來。這是聖靈立下的鐵律，無論手法迂迴或直接也無法改變這件事。

年輕水手來來去去，因為他喜歡漫長的航程。如果那些故事可信的話，他曾和鯨魚一起前往世界的邊緣，再到海洋沸騰之處。大鯨魚如同沉默的島嶼般在水中移動，身覆綠鱗、秀髮飄揚的人魚會手拿鏡子和他一同歌唱。他總率先站上桅杆，也最擅長使用魚叉，但他賺不到錢，因為利潤全都到了船主手中，於是他就這樣在海上往返。

每當他到來，就會坐在廣場上講述自己的所見所聞，眾人則仔細傾聽。磨坊主的女兒也來了，全身乾淨得體，驕矜自持。水手看到她在人群之外聽故事，便說如果她想要的話，他可以從東方帶條絲綢緞帶給她。她不願說出自己想或不想，但他看得出她的心意。

男孩再度出海，並從某個國家的絲綢商人女兒手中取得緞帶。這國家的女子肌膚金黃，黑髮如綢，但也喜歡看長腿男人跳舞，欣賞對方靈敏的雙腳和哈哈大笑的嘴巴。他告訴絲綢商人的女兒，自己會再回來，也會把緞帶用香水紙包好再送回來。抵達下一個村莊後，他便把緞帶交給磨坊主的女兒，說：「這是送妳的緞帶。」

她的心想必怦怦直跳，但她控制住自己，冷靜地問男孩她該付多少錢。這是條可愛的緞帶，由彩虹般多彩的絲綢編織而成，這一帶從沒見過這種作品。

送出禮物卻收到這樣的羞辱，年輕水手非常生氣，說她得付出綴帶原主人也付出過的代價。

女孩問：「是什麼代價？」

他說：「無法入眠的夜晚。」

她說：「代價太高了。」

他回應：「代價如此，妳得償還。」

她確實付出了代價。年輕水手看出了女孩的心事，而自尊受傷的男子總會肆無忌憚地巧取豪奪。水手也強取了代價，正因女孩見識過水手的舞姿。而女孩內心揪結不已，他的傲慢與舞蹈使她煩悶不堪。

他說，如果他再度離開，並在世上其他地方找到未來，她願意等他回來、向她父親徵求娶她的同意嗎？

她說：「如果我等你，就得等上很久的時間，而每個港口都還有其他女子等待你，每座碼頭也都有綴帶隨風飄揚。」

他說：「妳會等的。」

她沒有允諾或拒絕，也沒有回應自己會不會等下去。

他說：「妳是個脾氣剛烈的女子，但我會回來，妳等著瞧吧。」

過了一陣子，人們注意到女孩美貌不再，還變得步履蹣跚。她不再昂首闊步，全身沉重無比。她經常在港口守候，觀看進港的船隻。儘管她從未打探消息，也沒有對任何人透露一點口風，但每個人都心知肚明她為何來此，以及等待著誰。眾人以為她獨自一人在聖母禮拜堂是在禱告，不過沒人聽見她的禱詞。

過了更久，船隻依舊來來去去，不少船也沉入海底。大海吞噬許多水手，卻依然沒人見到男孩或聽說過他的消息。

磨坊主以為自己聽到他穀倉裡傳來貓頭鷹的啼叫，或是貓的喵喵叫聲。但當他進去裡頭，卻沒看見任何東西，只發現乾草上的血跡。他呼喚他的女兒，女孩面色慘白地走來，彷彿剛在睡覺般揉著眼睛。

他說：「乾草上有血。」

她回道：「希望你不要把我從睡夢裡叫醒，就為了說穀倉裡有狗殺了條老鼠，或是有貓吃了老鼠。」

家人全都注意到她一臉蒼白，但她拿著蠟燭、直起身子往回走，眾人也只好一同進屋。

船隻穿越海洋，再航進港口返回家鄉。年輕人跳上岸來，看看女子是否還在等待，但她不在那裡。當他環繞全球，心裡總會想到她，記憶鮮明無比。她在那等待，漂亮的臉蛋流露驕傲的神情，彩色緞帶在風中飄揚。所以當他發現她沒來，你該明白他的心為何冷了下來。但他沒有打探她的消息，只是親吻了其他女孩，便跑上山丘回他家去。

過了一陣子，他看到某個蒼白而纖細的物體從牆角緩緩走來，最後停在他面前。他起初沒認出是她，她本來也打算用那種方式從他身邊偷偷經過，因為她變得太多了。

他說：「妳沒有來。」

她說：「我沒辦法去。」

他說：「妳還是跟以前一樣待在街上。」

她說：「我已經和以前不同了。」

他說：「那跟我有什麼關係？妳沒有來。」

她說：「對你可能沒意義，對我還是意義重大。時間已經過了，過去的就是過去了。我得走了。」

她走了。

那晚男孩和鐵匠的女兒珍妮共舞，她有優美的白牙，以及宛如玫瑰花苞的小胖手。

隔天他去找磨坊主的女兒，最後在禮拜堂找到她。

他說：「跟我來。」

她問：「你有聽到小小的腳在跳舞嗎？小赤腳。」

他說：「沒有，我只聽到岸邊的海浪聲、吹過乾草的風聲，還有風向標在風中的摩擦聲。」

她說：「它們在我腦袋裡整晚跳舞，來回繞圈，我才睡不著。」

他說：「跟我來吧。」

她說：「你聽不到有人在跳舞嗎？」

於是過了一週、一個月或是兩個月，他和珍妮共舞，也會去禮拜堂，但只會從磨坊主的女兒口中得到相同的答案。最後他感到厭倦，性格魯莽的英俊男子總是如此。他說：「我已經等夠久了，妳也不願意回應。現在就過來，不然我就不等了。」

她又說：「如果你聽不到小東西在跳舞，我要怎麼過去？」

他說：「如果比起我，妳更愛妳的小東西，那妳就和它待在一起吧。」

她一語不發，逕自聽著大海、風聲與風向標的聲音。

男子離開了她。他娶了鐵匠的女兒珍妮。婚禮上眾人歡騰舞動，吹笛手愉快地吹奏樂器，伴隨著隆隆鼓聲。他用長腿與靈活的雙腳高高跳起，珍妮也因來回旋轉而漲紅了臉。外頭起了風，雲層吞沒群星，但他們依然興高采烈地上床，肚子裡裝滿蘋果酒，關上臥室房門以隔絕天氣，舒適地躺在羽絨被裡。

身穿連衣裙的磨坊主女兒打赤腳走上街頭，四處奔跑，像在追趕逃竄的母雞般，伸手叫道：「等一下，等一下。」有些人聲稱曾看過有個嬌小的裸體孩童在她面前蹦蹦跳跳，繞一圈又往逆時針方向退開；孩童用渺小的手指比畫著，頭髮則像一小團黃色火焰。**有些人**說，那只是路上隨風飄蕩的灰塵，裡頭夾雜一兩根頭髮或樹枝罷了。磨坊主的學徒說，好幾週前他曾聽到閣樓上傳來赤裸小腳的啪噠踩踏聲。一些老太太與不知情的年輕人則認為這人聽到了老鼠的聲音，但他說他這輩子已經聽過夠多老鼠發出的聲響了，很清楚什麼是老鼠，什麼不是，而一般人也覺得他頭腦靈活，不太可能說錯。

只見磨坊主的女兒繼續跑在舞動的物體後，穿過街道與廣場，一路順著山坡跑上禮拜堂。荊棘劃傷了她的小腿，她卻依然伸出雙手，喊著：「等等，噢，等等呀。」

那東西不斷往前舞動，彷彿充滿生命力，閃閃發光，扭動不已，一邊轉身一邊用小腳踩踏鵝卵石和草地。她則努力抗拒吹拂裙子的強風，以及面前的黑暗。最後她掉下懸崖，口中仍叫著：「等一下，等一下。」就這樣在底下尖針般的岩石上摔死。人們趁海水退潮時取回她滿布瘀青的破損遺體，這想必不是什麼討人喜歡的光景。

當水手走上街頭、看到遺體時，他牽起她的手，說：「這件事會發生，都是因為我缺乏信任，不願相信妳那跳舞的小東西。但我現在清清楚楚地聽見了。」

從那天開始，可憐的珍妮不再能從他身上感受快樂。

當諸聖節[1]到來，男子忽然從床上驚醒，聽見床鋪四周傳來小手的拍打聲，還有小腳四處踩踏的聲音。儘管他已環遊過世界，一種尖銳而微小的嗓音卻用他不懂的語言呼喚著他。

他拋開被單，往外一看，赤裸的小東西就在外頭，身體因寒冷而

1. 編按：諸聖節（La Toussaint），天主教節日，於每年十一月一日舉行，以記念所有天主教聖人。法國人在這天有掃墓的傳統，相當於法國的清明節。

變紫，卻又因熱氣而顯得紅潤，使他覺得對方同時像隻海魚，又像朵夏日的花。小東西甩動火焰般的頭，跳著舞離去，水手跟了上去。他追呀追，追到遙遠的死者灣[2]。夜晚十分晴朗，海灣上唯有一抹霧氣。

海洋湧來一波波長浪，浪花接二連三拍打上岸。他能看到來自另一個世界的亡者站在浪花頂端，它們伸出無助的手臂，不斷翻滾，用尖銳的聲音發出呼喚。那舞動的東西踏步翻騰，他窮追不捨，來到一艘船首朝海的船。當他踏進船內，頓時覺得裡頭擠滿了緊貼彼此、移動著的形體，儘管它們幾乎滿出船外，卻無法看到它們的身體。

船上和浪頭擠滿了亡者，他因太過擁擠而感到恐懼。儘管那些亡者缺乏肉身，他觸摸不著，但它們緊挨著他，狂野的叫聲響徹海上。亡者數量眾多，就好像明明船尾並沒有海鷗在鳴叫，天空與海洋卻飄滿了羽毛，每根羽毛都是一個靈魂——日後他這麼說。

他對那舞動的孩童說：「我們該搭這艘船出海嗎？」

那東西動也不動，不願回答。

他說：「我已經來了，也覺得很害怕，但如果我可以見到她，我願意繼續。」

2. 編按：死者灣（Baie Trépassés），位於法國布列塔尼的海灣。據說這片海域過去曾是許多船隻的葬身之地，因而得名。也有一說這裡曾是當地居民埋葬遇難水手的地方。另有傳聞夜晚在此能聽到亡者的低語聲。

這時小東西開口：「等等。」

他想到她正和其他亡者一同待在海上，還有她瘦弱而蒼白的臉、平坦的胸部和飢餓的嘴。他在她身後呼喚：「等等。」她的嗓音則如同回音般回應：

「等等。」

他用雙臂攪動擠滿亡者的空氣，再用靈活的雙腳踏過船隻甲板上的亡者遺塵。然而一切沉重無比，使他動彈不得。海浪一波接一波，一波接一波地洶湧翻騰。他說他試圖跳入海中，卻辦不到。他站在那裡直到黎明，感受亡者來了又走，也聽到它們的叫喊，而小東西仍在說：「等等。」

隔天黎明，回到村莊的他成了個廢人。他和老人們坐在廣場上，儘管他擁有最佳的壯年體態，嘴巴卻鬆弛地張開，臉龐也毫無血色。大多時間他一語不發，只會說：「我聽得見。」或是，「我等。」

兩、三年前，或是十年前，他曾抬起頭說：「你們有沒有聽到小東西在跳舞？」人們說沒有。他進屋把他的床鋪好，再叫他的鄰居過來，並把水手箱的鑰匙交給珍妮，便躺了下去。他全身孱弱、毫無元氣地說：「結果是我等了最久，但現在，我聽到腳步聲了。小東西很不耐煩，不過我有足夠的耐心。」

午夜時，他說了一句：「嘿，你在這裡呀。」就這樣死了。

珍妮說，那間房裡聞起來像蘋果花與熟透的蘋果。後來珍妮嫁給了屠夫，並為他生了四個兒子和兩個女兒，他們全都精力旺盛，但痛恨跳舞。

長公主的故事

很久很久以前，在海洋和山脈之間、森林和沙漠之間有一座王國，王國裡住著國王、王后和三位女兒。大女兒外表蒼白而安靜，二女兒擁有棕色皮膚，性格好動；三女兒則是典型的乖女兒，身材纖瘦，性格開朗愉快，也沒有人對她抱有任何期許。

長公主出生時，天空泛著婆婆納般的淺藍色，還掛著捲捲毛的慵懶大白雲。二公主出生時，灰色夾雜奶油色、如杉葉藻般的雲朵快速飄過藍天。而三公主出生時，天空一片蔚藍，萬里無雲，讓人誤以為這股蔚藍甚至閃爍著金光。

等三人長成了年輕女子，世界卻已大不相同。當公主們還是嬰孩，曾一連出現好幾天風雲變色的晚霞，霞光中泛著海藻般的藍綠色。後來每到日落與日出，天空便如同起皺的鯖魚或水波紋般，蕩漾著萊姆綠、深綠、石綠、翡翠色等各種綠色。等到三人來到喜怒無常的少女時期，綠色便星星點點染上整片藍灰色天空，從青銅綠到翡翠綠，再幻化為蒼白的蛋白石綠，還夾雜絲絲紅火光澤。

剛開始，人們目瞪口呆地站在街頭和田野，時而驚叫時而讚嘆。有一天，某個小女孩對母親說，已經三天沒看到藍色天空了，她想再看看藍色。母親要她乖一點，耐心等等就會變回來了。過了將近一個月，天空再度變回藍色，至少大致呈現藍色。但好景不常，只維持了幾天，眾人便不安地發現天空再度泛起藍綠色。藍天的日子隔得越來越遠，綠天的日子則越來越多，變化多端。

最後眾人終於明白，天空的基調將不再是所謂的天空藍，而是嶄新的天空綠，那是一種介於昔日青蘋果、青草和羊齒蕨的淡綠色。在這股嶄新光芒的映照下，青蘋果、青草和羊齒蕨看起來自然相當不同；檸檬和柳橙變得異常黯淡，而罌粟花、紅石榴和熟透的辣椒更是令人精神錯亂。

剛開始，人們還看得入迷，現在卻惴惴不安，責怪起國王和王后害藍天消失。憤怒的人群紛紛派遣代表去王宮要求歸還天空，更聚集在王宮廣場忿忿不平。王室夫妻商討多時，也安慰對方他們對天空綠化問題沒有責任，但兩人仍忐忑不安，因為人內心深處總會想找個代罪羔羊來為發生的事負責。於是兩人召集大臣、祭司，以及將軍、女巫、巫師代表會面。

大臣說他們無計可施，不過如果能找到明確的處理方式，緊急資金或許幫得上忙。祭司建議兩人保持耐性和自制以化解不吉之象，也須拒吃扁豆，並食用更多生菜。將軍則認為攻擊東方鄰國會有幫助，因為有人能責怪就太棒了，行軍和戰役也能轉移人民的注意力。

女巫和巫師則普遍偏好冒險。有名格外強大的巫師平日裡總是沉默寡言，鮮少干涉國事，但每次出手總會成功。他離開自己的洞窟前來拜謁，說必須派人沿著大道穿越森林，橫跨沙漠再進入山區，取回一隻銀鳥和牠用桗樹樹枝做的鳥巢，天空就能得救。他補充，這隻鳥被關在山上老人的花園裡。那裡看守森嚴，銀鳥在那啜飲用水晶打造的生命噴泉；泉水被有毒的荊棘叢包圍，上頭還交織著有毒的火蛇。巫師相信能在路上打聽到不驚動蛇群的方法，但他唯一的建議是繼續走在大道上，也別在森林、沙漠或崎嶇小徑中迷路，更要保持禮貌。說完他便回到洞窟裡。

國王和王后召開國事會議商討對策，成員包含帝后兩人、他們的女兒，以及首相和一位老女爵。首相建議採取冒險，因為那是實際的行動，能取悅人民也不會干擾國情。二公主說她當然願意動身，老女爵則睡著了。國王表示，他覺得冒險者的順序很重要，認為長公主應該優先前往，因為她是長女，也對藍天最有印象。沒人曉得這為何重要，但似乎是對的，長公主也說如果會議認為這是正確的決定，她樂意在當天出發。

於是她就此動身。他們給了她一把劍，和一只永不枯竭的水瓶，那是某人從另一場冒險帶回來的寶物；還有一袋麵包、鵪鶉蛋、生菜和石榴等無法存放太久的東西。帝后與一眾臣民聚集在城門前向她道別。喇叭手向前方空蕩的道路吹響清澈的樂音，一名大臣則拿出道路地圖，上頭有一、兩處粗略的補圖，特別是在沙漠；當地的沙暴經常吞沒筆直的道路。

長公主在道路上迅速前進。有一兩次，她以為前方有個老婦人，但那個人會在某些路上、某些彎道和斜坡消失，好一陣子不再出現，就算出現也只是短暫現身。公主搞不清究竟是只有一個老婦，還是有好幾個人。總之，如果她們或她是貨真價實的老婦，這人也總是遠遠地待在前方，旅行速度快得出奇。

森林沿著道路往前延伸，淡綠色的深邃樹林長在道路邊緣，遠方則有更濃密的樹林。公主聽見樹林傳來清脆鳥鳴，卻一隻鳥也沒看見。偶爾會有蝴蝶從林地往道路飛來，紅色小蝴蝶忙碌飛舞，慵懶的午夜藍蝴蝶低飛而過；有次還有隻手掌大小的半透明蝴蝶，膜翼閃動著光芒，下翼中央則有兩隻金色眼睛。這隻生物排徊在路邊，似乎跟著公主好幾分鐘了，但從未跨越森林和道路之間的某種無形屏障。當牠轉回樹林中斑駁的光點，公主想追過去而猶豫不決，走上了草地和青苔上。現在她覺得有點餓，不過她還有永不耗盡的水瓶。

她開始思考。她是位生來愛好閱讀的公主，不適合旅行，然而這也代表她很享受這場充滿新鮮空氣的新穎孤獨旅程。空閒時她讀了不少故事，包括好幾篇關於外出進行任務的公主與王子。她心想，他們的共通點就是前面都有兩名信心滿滿出發的姊姊或哥哥，並以不同方式失敗，有些變成石頭或被囚禁在寶庫，有些則因魔法而陷入沉睡，直到第三個王室成員救出他們。這個成員做得很好，不只復原了前兩個手足，還達成了任務。

她想，如果能夠避免，她可不想浪費七年當個雕像或囚犯。

她自然想到自己要保持戒心，同時對所有路人謙和有禮——大多長公主的失敗，都源於缺乏禮貌或過度自信。

然而路上沒有任何她能以禮相待的對象，除了那名（或那群）老婦外。對方經常在前方的路上疾行。

她心想，我對自己的情況心知肚明，也無力破解。我恐怕會碰上測試並失敗，然後花上七年當一座雕像。

這讓她十分沮喪。剛好路旁有一塊大石頭，她便坐下來開始哭泣。

大石頭似乎開了口，用某種微弱又嘎吱作響的扁平嗓音說：「讓我出去，我出不去。」聽起來煩躁又憤怒。

公主跳起身來。「你是誰？」她叫道，「你在哪？」

「我被困在這塊石頭底下。」聲音嗡嗡地說，「我出不去。把石頭翻開。」

公主小心翼翼地把雙手放上石頭，用力一推。一隻滿身塵埃的巨大蠍子被壓在底下的地洞，牠憤怒地揮舞鉗子，尾巴有部分也被輾壓到了。

「是你在說話嗎？」

「就是我。我本來在尖叫，妳過了很久才聽到。我原本在這條縫隙裡放鬆，妳前面的人就重重地坐了下來。如妳所見，還壓到了我的尾巴。」

「我很慶幸能幫上忙。」公主邊說，不忘保持安全距離。

蠍子沒有回答，試圖起身往前走。牠移動時看起來十分痛苦，才剛弓起身體，就立刻倒下，粗魯地嗡嗡咒罵。

「我能幫忙嗎？」公主問。

「我不認為妳有辦法治療我的傷。妳可以把我拿到森林邊緣，我可能會遇到某個能幫我療傷的人，如果她會經過就好了。我想**妳**和其他人一樣，只是沿著道路盲目亂走吧。」

「我在進行一場任務，要找到一隻銀鳥和牠的楞樹枝鳥巢。」

「妳可以把我放在一片羊蹄葉上，然後繼續上路。我猜妳在忙吧。」

公主四處找尋羊蹄葉，同時好奇這隻憤怒的生物是否就是她的第一場考驗。她感覺就要失敗了。她抹去淚水，拔下一片特別堅韌的葉子，它剛好長在路邊可及之處。

「很好。」凶悍的小蟲揚起身子並揮舞數條腿，「快點，我很不喜歡這個洞。妳為什麼在哭？」

「因為我不是那位會成功的公主，而是會失敗的前兩個人，現在也想不出解決辦法。你是不至於讓我非得對你無禮，不過你的禮數也稱不上完美。你沒感謝我移開石頭，又命令我到處跑，連聲『請』都不會說，也沒想過人類不喜歡拿起蠍子。」

她一邊說話，一邊把葉片推向牠，並用樹枝盡可能小心地幫牠爬上去。聽到她這麼說，蠍子憤怒地扭動身子、夾著鉗子。公主把牠放在森林邊緣的草地上。

「大多蠍子，」牠評論道，「都有比隨便亂螫人更好的事可做。如果像妳這樣的生物踩到我們，我們當然會反擊；發現自己被困住，我們也會感到害怕並攻擊。但大多時候我們有更多事好做。」牠似乎反省了一下，「**如果**我們的尾巴沒有被壓傷的話啦。」牠頹喪地補充道。

「那麼，」公主彬彬有禮地問，「你覺得誰可以幫助你呢？」

「噢，她是位非常睿智的女人，住在森林另一邊。她知道該怎麼做，但她很少離家，而且她幹嘛要出門？她家裡什麼都有。當然了，如果妳要往**那裡**走，可以帶著我一陣子，直到我康復。但妳就準備順著道路跑走了，再見。」

公主沒有要跑去哪，她站得直挺挺的並動腦思考。

她說：「我也知道那篇故事。我帶上你的話，會問你：『你難道不會螫我嗎？』你會說：『不，刺妳我沒好處。』等我們出發，你就會刺我，我們倆都會受苦。我會問：『你為什麼要這樣做？』你會回答：『這就是我的天性。』」

「看來妳是個學識淵博的年輕女子，如果我們**會**一同旅行的話，妳肯定能告訴我許多有教育意義的故事。容我提醒你，我根本**沒辦法**螫妳——我尾巴被壓到，刺也不能動了。妳可能還是覺得我很噁心，妳這種物種通常都這樣想。總而言之，妳要沿著這條路走，不會往右，也不往左，再見。」

公主看著蠍子，牠塵埃底下的外殼呈現藍黑色的光澤，加上修長的手臂、纖細的腿和複雜的身體部位，使牠看起來有如一條黑色項鍊。牠的爪子在頭部前方有如一彎月牙。這讓公主感到不安，無法和牠對視。

「**我**覺得你很英俊。」

「那當然。我動作迅速，氣質優雅，體態敏捷，還有複雜無比的身軀。不過，我很訝異妳居然看得出來。」

公主心不在焉地聽著這段話，她正在深思。她自言自語地說：「我**可以闔上**這段讓我困擾的故事，走我自己的路。我**可以**離開道路，自己在森林裡冒險，這對任務毫無影響。如果我離開道路就會失敗，那麼下一個公主就會出發。當然了，除非我因為離開道路變成了石頭。」

「我不覺得你會變石頭。」蠍子說，「如果妳選擇離開道路，就對**我**很有幫助；我也知道不少故事，根據故事劇情，幫助其他生物總是個好主意。」

公主注視著森林。在綠色的天空下，森林的翠綠枝枒彷彿在向她招手，搖曳多姿，沙沙作響。歷經道路上的風塵後，森林覆滿青苔的地面感覺柔軟又誘人。公主彎腰並用葉片夾起蠍子，小心地將牠放進裝食物的籃子裡。她叛逆一跳便離開了道路，踏進樹林裡。蠍子說她該往西南方走；如果她餓了，牠知道有處長滿黑莓的樹叢，還有長了蘑菇的樹幹。就這樣一人一蟲前去尋找食物，公主吃得滿嘴黑莓汁，卻**沒有**減輕自己的飢餓。

他們繼續旅行，不斷向前邁進，走在宛如翠綠拱門的樹蔭下。蝴蝶群聚集在公主頭頂，停靠在她的頭髮和肩上。接著他們來到一處樹蔭下的空地，樹墩旁雜草叢生，樹根老邁乾枯。公主銳利的目光察覺在某處植被下的沙地裡有一些動靜。她俯身查看，隨即聽到一陣微小而粗啞的聲音，重複說著：

「水。噢，拜託，水，如果你能聽到我的話，請給我水。」

某種沾滿砂礫的東西蹣跚爬過纖細的樹根。牠有四條無助的腿，和肥胖的小肚子。公主跪了下來，忽視蠍子憤怒的嘶嘶聲。兩顆水亮的黑眼珠從沾滿沙子的突起處窺探她，寬闊的嘴巴向她大張，嘶啞地說：「水。」公主拿出她永不竭盡的水瓶，往大嘴中倒下幾滴水，順便洗去砂礫。一隻全身長疣的大蟾蜍現身，牠身上綠金交雜，頭上還有顆異常肥大的突起。牠對水柱鼓起喉嚨，抬起嬌小的手指和腳趾。沖去砂礫後，就能看出蟾蜍頭上有道鮮血淋漓的大傷口。

「噢，你受傷了。」公主叫道。

「有個人逮住我，」蟾蜍說，「他聽說我的腦袋裡有顆價值連城的寶石，就決定把寶石挖出來。但那當然只是個故事，是喜歡在頭上和皮膚上戴彩色石頭的生物講述的人類故事，而我只是血肉之軀。幸運的是，我的皮膚對人類有點毒性，所以他碰到我後，手指開始發癢腫脹，我也用力扭動，他才丟下我，也追丟了我。但我不覺得自己有力氣回到能治療我的人身邊了。」

「我們正要去找她，」蠍子說，「你想的話，可以和我們一起走。你可以待在這個公主的空餐籃裡。」

「我很願意加入。」蟾蜍說，「但她千萬別覺得我會變成英俊的王子，或有其他荒唐念頭。我是隻帥蟾蜍，或者該說，在沒人砍我之前，我很英俊。我應該一直是隻帥蟾蜍。」

公主用一根樹枝幫助牠跳進她的餐籃，接著遵循蠍子指示的方向，繼續穿越森林。隨著越來越深入樹林，她漸漸迷失方向，感覺每條路都可以通往任何地方。公主有點疲累，但一蟲一蛙不斷催促她前進，要她在入夜前盡量走遠點。天色越來越暗，某個如線團的東西從某株荊棘叢裡飄了出來，公主差點踏了上去。

她停下腳步彎腰查看，有什麼東西困在線團裡，無助地在纖細的黑色棉絮中掙扎，在塵土上不住打滾。她跪在地上仔細窺看，這才發現是隻巨型昆蟲，糾在一起的細絲纏住牠的細腿、翅鞘和腹部。在宮殿長大的公主從未看過這種動物。

「那是隻蟑螂。」蠍子看了看，「我以為蟑螂非常聰明強悍，不可能惹上這種麻煩。」

「那些細線是捕鳥人用來抓唱歌飛鳥的陷阱。」蟾蜍觀察後說，「結果他只抓到一隻大蟑螂。」

公主解開一部分細線，但有些繩結咬進了生物的身體裡，她擔心會讓生物受更重的傷。蟑螂鎮定地待在塵土中，讓她移動自己。牠沒有說話，公主說：

「你最好和我們同行，我們要去找的人顯然可以治療你。」

蟑螂稍微顫抖了一下。公主撿起牠，把牠放進裝了蠍子和蟾蜍的籃子裡，雙方立刻挑剔地移開。蟑螂懶洋洋地坐著，身上纏著繭般的黑線，一語不發。

就這樣，他們以這種方式走了好幾天，更深入森林。生物們告訴公主該去哪找不同的堅果、藥草、樹莓和野菇，她光憑自己絕對找不到這些食物。

一天，她聽見遠方似乎有人吹著歡快的口哨，還有鳥鳴唱和。公主想靠近，蠍子卻說吹口哨的人就是捕鳥人，他會用叫聲來引誘粗心的鳥兒飛進他無形的網子，受困在裡頭。儘管公主不是飛鳥，卻也對此產生不理性的恐懼，遵照蠍子的指示偷偷離開，更深入荊棘叢中。

另一天，她聽到遠方傳來高亢粗啞的號角聲，這使她想起御苑，年輕的侍臣會用箭射擊野鹿、兔子和飛禽，漂亮的仕女則拍手讚嘆。她又想轉向聲音的來源，生物們再度阻止她。可憐的蟾蜍一聽到號角聲，就害怕得全身發灰，在籃子裡瑟瑟發抖。

「他就是獵人。」他說，「就是他用獵刀割了我的頭冠。他穿越樹林的時候，會把鳥獸冰冷的屍體綁在一起，扛在肩上。他還會為了好玩，射擊灌木叢裡明亮的眼珠，讓他們鮮血淋漓。妳最好離他遠點。」

於是公主更加深入荊棘叢，樹枝扯著她的頭髮，撕破她的衣服，還抓傷了她漂亮的雙臂與脖頸。

有天中午，公主聽到一陣清亮的歌唱聲從某處空地傳來。她從荊棘叢裡窺探，只見一名棕皮膚的高大男子佇立在那。他留著黑色捲髮，上身全裸，靠在一根長斧上唱道：

與我同住，做我的愛人，
與我共享房屋與床鋪，
妳可以從白天唱到黑夜，
攪拌奶油，烘焙麵包，
夜裡躺在我強壯的懷中，
睡在柔軟的羽絨被裡。

他笑容燦爛，身姿挺拔，公主正打算走出躲藏處。此時她的籃子裡傳來沙啞微小的聲音，聽起就像蜷曲的木屑沙沙作響，唱出後面的歌詞：

妳得打掃刷地，

雙手流血，手臂沉重如鉛，
我會毆打妳的背，
用我粗糙的拳頭痛毆妳的頭，
接著再度向其他女孩歌唱，
當妳死去，就讓她們代替。

「是你在說話嗎？」公主悄聲問蟑螂。

牠沙啞地回答：「我住過他家，那是個很髒亂的地方，到處都是空啤酒桶和破瓶子。他在花園裡埋了五個年輕妻子，他喝醉發火就會打太太。他沒有殺掉她們，還會為她們流下酒醉時的淚水，但她們都失去了生存意志。如果妳珍惜生命，就不要靠近樵夫。」

公主難以置信，樵夫看起來充滿活力又親切，她甚至覺得生物們只是為了自己的利益，才阻止她和其他人類待在一起，但牠們的警告還是讓她繼續往前走。她靜靜地繼續前進，樵夫永遠不知道她曾聽過他的歌、看過他英俊地靠在斧頭上。

一行人不斷深入森林。或許是因為樵夫的歌曲，公主開始渴望麵包和奶油。隨著森林變得茂密，野莓的味道在她嘴裡越來越淡，也更難找了。蟑螂似乎毫無動靜，或許是因為之前費勁說話而累垮了。公主感覺自己必須加快腳步，以免牠有生命危險；其他生物則不時抱怨她的笨拙動作。一天晚上，當天空流露出最深沉的土耳其藍，取代先前的暗靛色時，蠍子懇求她停下來過夜，牠的尾巴疼痛難忍。蟾蜍也發出嘶啞的聲音，請求她給自己淋更多水。公主停下來沖洗蟾蜍，並為蠍子換了片新葉子。公主絕望地說：

「有時我覺得我們終生都會繼續流浪，我們似乎在往某處走，其實毫無目的。」

「如果是這樣，」蠍子喘息道，「我這輩子恐怕活不久了。」

「我盡力幫忙了，」公主說，「但或許我根本不該離開道路。」

這時她再度聽見古怪的聲音傳來。

「如果繼續走，左轉，再左轉一次，妳就會看到。繼續走就行。」

於是公主拿起籃子，把涼鞋套上腫脹的雙腳，繼續前行，左轉，再左轉一次。她從灌木叢之間看到一股舞動的黃光，溫暖異常。她繼續前進，發現在樹根盤結、散落著尖銳石塊的遠方道路盡頭，有扇窗戶位於樹枝間，裡頭有根蠟燭正穩定地燃燒。儘管在過去優渥的生活裡，她從未在黑暗中旅行過，但她深知眼前正是無數旅人朝思暮想的景象，只不過眾旅人歷經的是午夜深藍，而不是午夜深綠。她心中頓時燃起希望，溫暖、放鬆與一絲畏懼湧上心頭。想必這就是迷途的歸鄉者和尋覓住所的旅人心中的感受吧。

「那不會是樵夫的小屋吧？」她問蟑螂。牠嘆息般回答：「不，不，那是『終末之屋』，也就是我們的目的地。」

公主跌跌撞撞往前奔跑，小屋逐漸在她眼前展開。建造屋子的石頭長滿青苔，斜屋頂由石板鋪成，屋簷低矮；白色台階上有道堅固的木門。公主聞到煙囪飄出刺鼻的木柴煙霧，她忽然感到害怕——她已經習慣孤獨與不斷設法前進的生活了。但她依然快速敲了敲門，屏息以待。

一個老婦人打開了門。她穿著灰色的便服洋裝，臉上溝壑縱橫，蛛網般的纖細皺紋編織出她的過往。她的表情堅毅而深沉，但面帶微笑；厚重的紫色眼瞼下有雙銳利的綠眼，頭髮則綁著辮子，鐵灰、銀色與亮白色的髮絲相互交織，光澤閃爍。老婦人一開門，公主就感到幾乎要昏了過去，裡頭飄出烤麵包的芬芳，還混合其他可口的香味，像是加了肉桂的烤蘋果、草莓塔和剛炙烤過的砂糖。

「我們一直在等妳。」老婦人說，「上週我們每晚都為了妳，把蠟燭放在窗口。」

她接下公主的籃子，讓她進門。煙囪下燒著旺盛的柴火堆，室內擺著紅櫸木床鋪、白色長木桌，以及漆成鮮豔色調的椅子。周遭還有不少雙眼睛在火光下眨眼、閃耀。一雙雙眼睛在壁爐上、時鐘裡和架上的盤子後方；有墨黑色的眼珠、玻璃綠般的眼珠、巨大的黃眼珠、琥珀色的眼珠，甚至還有玫瑰紅般的眼睛。公主發現，原以為是彩色精工地毯的物體正款款移動，閃動著眼睛的亮光——那居然是一大群蠢動的生物，有蛇、蚱蜢、甲蟲和大黃蜂，老鼠和田鼠，小貓頭鷹和蝙蝠，還有一條黃鼠狼和幾隻螳螂。裡頭也有較大型的生物——貓、老鼠、獾、小貓和一隻白山羊。屋裡迴盪著低沉而平靜的尖鳴，以及微小的嗓音發出的歡迎和驚嘆聲。房間一角有個紡錘，另一角則有台織布機。老婦人剛放下一條花樣複雜的披肩，是她用七彩籃子裡的羊毛團編織而成。

「你們其中一位需要食物，」老婦人說，「另外三位則需要治療。」

於是公主坐下享用可口熱湯、新鮮麵包和塗滿凝脂奶油的水果塔，以及一杯烈蘋果酒。老婦人則把生物們擺到桌上，以她的方式醫治牠們。她要牠們講述自身傷口的故事，同時她一邊用小羽毛刷和細小的古針為牠們塗抹藥膏、藥水。當蠍子講述牠受傷的故事，老婦人拉直牠的尾巴再用夾板固定。她用有如蜘蛛絲的材料包紮、縫好蟾蜍受傷的頭，再用近乎隱形的鉤子和鑷子解開纏住蟑螂的絲線。

接著她詢問公主自己的故事。公主盡力講述，重新經歷她認為自己注定失敗的時刻，並模仿蠍子的喘息、蟾蜍的嘶啞氣音和蟑螂的細語。她把森林的危險帶到溫暖的火爐邊，所有生物都因獵人的箭矢、捕鳥人的誘餌和樵夫的斧頭而戰慄。講故事時，公主體會到全然的愉悅。她平實地描述過程，揀選精確的用字遣詞，甚至藉由牆上閃動的火光和昏黃的燭光，用手影比出樹枝和人物的模樣。語畢，屋內響起各種掌聲、悅耳的撲翼聲、彈爪聲、騷動聲和啁啾聲。

「妳是位天生的說故事專家。」老婦人說，「妳看得出自己身處故事裡，也清楚妳能改變它。妳還特別有智慧，能察覺自己受到了詛咒——這真是幸運。這使得故事本身對妳而言，變得比構成故事的要素更有趣。有些年輕女子永遠不會聽生物們對樵夫的說詞，反而堅持要自行找出真相。也許她們會明智行事，也可能會做出蠢事：那就是**她們**的故事。但妳聽信了蟑螂的話，離開原路，來到這裡。我們在這裡收集、編製故事，盡力修改內容，也調查我們改變不了的情節；我們平靜地過著生活，不去企圖改變世界。我們沒有屬於自己的故事；我們就像老婦一樣自由，不需要擔心王子或王國，只需要自娛自樂，然後對生物產生興趣。」

「但是……」公主欲言又止。

「但是？」

「但天空還是綠色的，我也失敗了，我不過講了一個有利於我的故事。」

「我覺得綠色是很美的顏色，或者該說是種美麗的色譜。」

老婦繼續說：「在這裡，綠天讓我們很快樂。我們寫了和綠色有關的歌謠，也做了掛毯，上頭描繪各種綠色光芒的天空。綠色的天空讓蠑螈和蜥蜴變得更漂亮了；蟑螂也覺得那顏色很安詳。事情為何非要和過去一樣呢？」

公主不曉得答案，但感到不太開心。生物們聚集過來安慰她，說服她平靜地住在小屋裡。她也想這麼做，因為她覺得自己來到了能獲得自由的家園，但她也擔心天空和其他公主。

這時，蟑螂對老婦輕聲說：

「把剩下的故事告訴我們吧，把公主離開後的故事結局告訴我們。」

牠感覺好多了，身體的環節變得舒展，可以妖嬈地扭曲身子。

「這個嘛，」老婦說，「這是長公主的故事。你們可能已經察覺了，少了另外兩個公主的故事，就沒辦法好好講長公主的故事，所以我要把那些故事，或可能有的故事告訴你們。因為許多事情都有可能發生，故事會自行改變。這些故事並非歷史，也還沒發生，所以你們可以自由選擇要不要相信我講的二公主跟小公主的簡短故事。」

「我永遠相信別人說的故事。」蟑螂說。

「你是個睿智的生物。」老婦說，「這就是故事的作用。我們之後就會見識到應有的結局了。」於是老婦開始講故事。

二公主的簡短故事

當二公主明白長公主不會回來後，便動身出發，並遭遇到相同的問題與喜悅。她在同一塊石頭上坐下，發現自己捲入了同樣的故事裡。不過她是個果決的年輕女子，決心要戰勝故事，繼續前進。她經歷許多冒險，逮住了鳥巢和銀鳥後，凱旋回到父王的宮殿。老巫師告訴她，她得點燃樹枝並燒死銀鳥。儘管對此感到不安，她仍然決定照做，點起了火。火舌就此吞沒鳥巢和銀鳥，一隻嶄新的華麗鳥兒從火焰中飛出，燃燒的尾巴掃過天空，天空便恢復以往的蔚藍。當公主的父母過世，二公主登基成為女王，睿智地治理人民。不過人們依然不斷埋怨，他們很懷念曾經能看見或柔和、或鮮明的綠天。

三公主的簡短故事

至於三公主，當飛鳥在空中起火，她走進果園，心想：「我已經不需要進行任務了。我沒有什麼需要做的事，可以做任何自己想做的。我沒有故事。」她在空蕩蕩的果園感到暈眩，這並不是什麼令人開心的感覺。一股微風如惡作劇般吹亂她的頭髮和襯裙，花瓣也被吹上藍天。公主覺得自己就如同櫻桃樹的花瓣般，零落四散。這時只見果園大門旁有個提著籃子的老婦人。

公主走到她面前，老婦人逕自開口：

「妳不快樂的原因，是因為妳無事可做。」

公主發現這是一位睿智的老婦，禮貌地回答「的確如此」。

「我或許能幫上忙。」老婦說，「也或許幫不上。妳可以看看我的籃子。」

籃子裡有塊魔法玻璃，能讓公主看到她的真愛，無論他在哪、在做什麼。另外還有一台魔法織布機，能編織出栩栩如生的掛毯，在宮殿廳堂中這些掛毯彷彿一樹啁啾的鳥兒，乘著它就可以飛到魔法森林的盡頭。

「或是我可以給妳一條線。」老婦說。

公主猶豫起來。她還不想看到自己的真愛，現在還不行；他是故事的**盡頭**，不是開頭。她也不想製造出魔法森林，她只想看到真的樹林。於是她看著老婦從草叢裡拾起一條細長的蛛絲，那是黎明時小蜘蛛在空中飛行時留下的絲線，它如同亞麻線般堅韌，也如絲綢般纖細。老婦輕輕一拉，細線緊縮起來，兩人看到細線延伸出果園，跨越草地，最後鑽進森林裡，從視野中消失。

「把它收集起來吧，」老婦說，「看看它會帶妳去哪裡。」絲線閃閃發光，蜿蜒曲折。公主開始小心地捲起線，把絲線收集起來捲成一顆球，一邊順著絲線走出果園，跨越草地，鑽進森林……那又是另一段故事了。

「告訴我，」當所有生物為故事鼓掌後，長公主對老婦開口。月亮在翡翠綠的天空中發光，所有生物感到昏昏欲睡，發出沙沙聲。「告訴我一件事，是妳在我前面的路上趕路嗎？」

「旅程中總會有一個老婦在妳前面，也有一個在妳身後，她們並不是同一個人。而隨著路途改變或加快腳步，她們可能變得令人害怕或態度溫和，也可能便得危險或讓人愉快。我肯定在妳前頭，也在妳身後，但不止有我，也不止有我當下的模樣。」

「我很高興能和妳現在的模樣共處。」

「那這裡就是個適合睡覺的好地方。在早晨來臨前就別講故事了，早晨會迎來新的變化。」

於是大家上床睡覺，直到太陽爬上蘋果綠的地平線，綻放出綠金色的光。

龍之吐息

很久以前，有一處高山環繞的山谷，山谷中的村莊住著一家人，裡面有兩個兒子、一個女兒，他們的名字分別是哈利、傑克和伊娃。這座村莊位於比較低的山坡上；而在深邃的山谷間有座湖泊，湖岸如水晶般清澈，深不可測的湖心漆黑如墨。山之陰長著茂密的松林，但村莊座落在長滿鮮花的草地、果園和玉米田間。環境雖稱不上富饒，但足以養活村民。

山巔天險，難以企及，只能望見蔚藍的山影和耀眼的雪原。山壁上溝壑起伏連綿，像是一張巨犁留下的痕跡。據說某些英格蘭丘陵上的圓形印記，其實是古代巨龍蟠踞留下的痕跡。那一帶流傳著一段故事，在太古時代，山巔上的巨龍曾挖出溝壑。夜裡，父母會在火爐旁說起巨龍是怎麼噴火、製造災禍為樂，壞心地嚇唬孩童。

哈利、傑克和伊娃並不怕龍，但他們都害怕無聊，只是方式各有不同。村裡的生活世世代代一再重複。人們出生，結為連理，再成為父母和爺爺奶奶，最後離世。有些村民甚至會近親通婚，因為這裡幾乎與世隔絕，只有幾個商人會不定期在夏季來此。村民會用手搖織布機製作傳統地毯，用自製的蔬菜染料創造出有限的色彩：血紅色、帶點綠的深藍色、黃棕色、炭黑色。花紋多為傳統設計，罕有變化：枝枒交錯的樹、有如石榴的果實，還有停駐於上的鳥兒，模樣有點像雉雞；其他還有抽象的幾何圖案，繡工會將單色圓盤繡在網布，再繡在不同顏色的布上。地毯大多由女人製作，她們也負責烹飪和洗碗。男人則照顧牲畜、耕田和吹奏音樂。村民有獨屬於自己的樂器，是種會發出尖鳴的笛子，不過他們大多人從未遠行過，也不曉得自家樂器的獨特之處。

哈利是個養豬人，傑克則負責耕田、播種和收割。哈利有個特別的豬朋友，是頭名叫波里斯的年輕公豬。牠是隻睿智的動物，會狡猾地逃跑，還會挖出意料之外的松露。但頑皮的波里斯並不足以緩解哈利心中的無聊。他夢想前往高山之外的大城市，那裡的人與這邊截然不同，人群匆匆忙忙，川流不息。

傑克喜歡看玉米長高，望著綠色的莖桿一天天穿出黑色的土壤。他也知道該去哪找牛肝蕈和野地蜂蜜，但這些點心仍難以緩解他的無聊。他想看看高牆內圍繞雄偉宮殿的華麗花園；他想嘗嘗更精緻的味道，品嘗那些這座山谷中前所未見的香料與烈酒。他還想看看眾人自由舞動的身軀，隨著他只知其名不知其聲的樂器——齊特琴、邦哥鼓、平台鋼琴、管鐘——跳出狂野的舞蹈。

伊娃會製作地毯。她覺得自己甚至可以在睡夢中編織，也經常這麼做，醒來才發現腦海裡滿是重複的圖形、變化、纏繞的棉線和移動的經緯線。她想一窺未知的顏色，像是紫色、朱紅、土耳其藍和橘色，還有外面的花朵、羽毛、柔軟絲綢、堅韌棉花的顏色。她幻想過長大後的她身穿暗紅色與銀色的長袍。她想看看大海，那是她想像不出來的事物；她想嘗嘗海水的鹹味，卻只能舔舔自己不耐煩的淚水。她並不擅長編織，總把絲線拉得太緊，花紋便會擠在一起，但這就是她的工作，她是個織布工。她想成為旅行家、水手、學識淵博的醫生，還有歌劇女伶，沐浴在刺眼的聚光燈與歡呼的群眾面前。

獵人告知高山上出現了不尋常的雪崩，這可能是最早的徵兆。也或許最早的徵兆是鮮豔紛紅色的黎明，以及如火焰燃燒般的緋紅色夕陽，但這些都是後話了。村民開始聽到雪線上頭傳來古怪的轟隆聲與爆裂聲，議論紛紛。他們一如往常地嘮嘮叨叨、繪聲繪色，就像在討論習以為常的聲響與噪音。這一切使得傑克與哈利憤怒地咬緊牙關。過了一陣子，人們注意到村落正上方的山脈邊緣，日夜閃動著迷濛的火光。那顏色宛如燻鮭魚般粉紅，四處也閃爍著紅金色光芒。眾人紛紛駐足門口觀看，那火光確實相當漂亮。灰藍色的混濁天空中閃耀著一抹明亮的色帶，接著又漸漸淡去。火光四周，灰色的潮濕岩石從融雪中透了出來，閃閃發光，還冒著陣陣蒸氣。

剛開始，村民想必非常害怕。他們眼睜睜看著這些巨變發生，無論地水火風，一切都在改變。但恐懼中又夾雜著大大的興奮與好奇，甚至還有對新穎事物的喜悅，以及美感上的享受。日後，許多人都對此感到羞愧。獵人團體往怪象的方向前進，並回報山壁似乎正在移動，也正沸騰燃燒，使人們難以看穿籠罩一切動靜的塵埃、濃煙與蒸氣。在村民的認知裡，這些山脈並非火山，但跟岩石的歷史相比，人類的故事太過短暫，他們唯能好奇地繼續爭辯。

又過了一陣子，眾人看到本空無一物的天際線，出現了六個隆起物，宛如巨大拳頭上的指關節。從遠方看，它們的大小和大型屋舍或小房子差不多。接下來幾週內，這些突起物不斷在煙霧與火花中穩定地緩緩逼近。突起物彼此相鄰，逕自沿著山壁不斷向下移動。每個隆起物後頭都有條筆直的長管，就像犁田留下的溝壑或防禦壕溝。隆起物越過山巔，跨入人類的世界，繼續往下緩慢前進。

一些勇敢的人前去探勘，但滾燙的蒸氣雲與熾熱的礫石雨迫使他們撤退，兩個大膽的獵人朋友也一去不復返。

一天，有名女子在她的花園裡說：「那應該不是土石流，而是生物，是有很多顆肥胖頭顱的巨龍。肥大而光禿的頭上長滿肉瘤、粉刺與螺紋，熾熱卻濕潤的醜陋眼睛縮在牠黯淡皮肉上的大凹洞裡。你可以看到十二隻閃亮亮的血紅色眼睛；灰泥般的圓頓口鼻上，還有十二個毛茸茸的鼻孔。」

歷經一番交談、比對和描述後，所有人都看見了龍的模樣。如她所說，龍有六顆肥胖且搖晃的醜陋頭顱，沉重的身軀在後方擺盪，身體的長度等同於從村落到下一座村莊的那麼遠。龍艱困地拖著身體，似乎還帶著痛楚，卻無情地接近，只是非常緩慢。

龍前進的速度宛如夢境般緩慢而虛幻。當牠更靠近，就能看見如同鯨魚般寬闊的大嘴，嘴巴邊緣有如鐮刀或燧石般銳利，活像個駭人的嘴喙。龍會以嘴喙挖地，吞下一大塊土地與上頭的東西：灌木、圍籬、乾草堆、果樹、好幾隻山羊、一隻黑白相間的乳牛和一處養鴨塘跟裡頭的生物。龍吸入、大口啃咬一切，發出稀里呼嚕的聲響，再吐出纖細的灰燼。細碎的塵埃從駭人的大口流下，四處飄散。當牠逼近，煙塵的雲霧便飄到牠前方，落在房屋與花園的所有東西上，籠罩窗戶，遮掩井口。塵埃臭氣沖天，骯髒得難以言喻。起初村民還邊埋怨邊拂塵，之後他們便放棄了除塵工作，因為毫無幫助。人們也開始惶恐起來，然而一切發生得太緩慢，使當下的恐懼若有似無，有如幻覺。而往後令人戰慄的真實感便攫住人心。

此時，那隻生物已經近得能讓男男女女看到牠的眼睛，那些眼珠周圍沾裹著黏液，有如融化的橡膠。人們還能觀察到巨龍火焰。舌頭。這些火舌和教堂裡紅色旗幟上的巨龍畫像不同，更不似大天使的火劍。巨龍的舌頭呈現熔化狀態，搭拉在外，外頭有層皮革般的透明皮膚，上頭長滿鮮紅色的疣；味蕾則如同燒紅的煤炭般發光，尺寸有如高麗菜，沾滿某種含硫的黏液，瀰漫著絕望和無盡的腐臭，彷彿在世界末日前都無法變得乾淨。巨龍的身軀令人作嘔，而灰色的身軀此時正扭動滑行，無情地摧毀一切。龍的臉龐過於龐大，難以視為一張完整的臉——人們只能接連看到不同的位置。但最糟糕的莫過於臭味，這股腥臭引發村民的畏懼，接著是恐慌，最後眾人只能無助地顫抖，無法動彈，如同白鼬面前的兔子，遇上蝮蛇的老鼠。

面對村莊遭到毀壞，村民討論了太久。他們也想了一些權宜之計，例如轉移巨龍注意力，或傷害牠，但這些討論毫無成果，最後無疾而終。他們也討論巨龍的逼近是否會穿越村莊，還是從別側通過此地。後來眾人終於願意相信一個簡單的真相：村落正好位於恐怖生物下山的路線。但希望與怠惰誤導了大家，村民實在很難想像萬年如一日的村落有天居然會消失。於是眾人很晚才想出遷離村落的計畫，最後只能著急忙慌地離開，在臭氣與煙霧中作鳥獸散。

人們一把抓起家當，又放下來再抓起別的物品，如同蟻窩般慌張。人群帶著裝滿玉米和鍋具的布袋跑進森林裡，還帶著羽毛床鋪和醃肉，臉上都因那駭人生物的出現而驚疑不定。沒人知道在巨龍眼中人類是什麼樣子。人類完全無法跟龍的尺寸比擬，就如同居住在我們頭皮上，或鑽進菜葉中的小生物，我們不光看不見，也不在意。

在森林裡的生活漸漸變得單調乏味，畢竟身處驚懼交加的逃亡生活，久了也會膩。他們感到寒冷，特別是在夜裡；由於恐懼和惡劣的飲食，人們飢腸轆轆，肚子經常不適。他們知道自己已經遠離巨龍吐息的範圍，但依然能在夢中、營火裊裊的煙霧間和腐爛的落葉中聞到那股惡臭。村民安排了觀察員，這些人待在能望見村落的地點，看著那排醜惡的龍首以難以察覺的速度前進，有時還會忽然冒出烈焰與濃煙，肯定是有房屋起火了。他們望著自己的世界被毀滅，卻感到有股倦怠藏在憂傷之中。

你或許會問：騎士到哪去了？策馬奔騰的英雄呢？他們不是會用箭矢或子彈打穿那些流口水怪獸的眼睛嗎？營火邊眾人聊起這類話題，但沒有任何英雄出現。這可能是明智之舉，因為人類的武器完全刺傷不了那生物。長老們說最好放棄，那生物一旦死在村落中央，巨大的身軀就跟活著一樣麻煩。老婦們則說，古老的故事相傳，巨龍的吐息會使意志癱瘓，但當其他人向她們討教實用的建議，她們卻一句話也答不出來。

伊娃發現，當你睡在樹頂或堅硬的地面，這些平面會扎進你的皮肉，帶來難以忍受的痛楚。這時你可能會想殺了自己，因為環境不只扎人，還百無聊賴。

哈利、傑克和其他年輕人最後往村落的方向走去，從近處觀測毀壞的狀況。他們發現眼前有堵以煙霧與火焰構成的巨牆，這堵牆惡臭難當，延伸過數畝牧場與玉米田。煙牆後方可以看到龍頭上宛如巨大峭壁般的突起。現在巨龍離得更遠了，牠如同淹沒三角洲河口的巨浪般不斷前進。傑克對哈利說，巨龍走過的路徑像扇形一樣，村裡不可能有東西倖存。

這時，哈利似乎被什麼吸引，說有某種東西在煙霧裡移動，接著自答，那些是四處亂竄、尖叫的豬隻。有隻豬旋即衝出濃煙，一面喘氣尖嗚。哈利大喊：「波里斯！」衝向他的豬。豬隻慌亂地嘶叫，又衝回黑暗中，哈利緊追在後。

傑克先看到豬與人烏黑的輪廓，隨後聽到一陣駭人的吸吮巨響，炙熱的蒸氣噴薄而出。濃烈嗆人的高溫吐息使他步伐蹣跚，暈眩著後退。當他醒來，皮膚上沾滿黏膩的灰燼，他似乎還能聽到巨龍肚子裡液體沸騰、燃燒的聲音。

有一瞬間，他以為自己會躺在原地，等待巨嘴鏟起他和周圍的玉米田與樹籬。接著他決定緩緩滾走，再匍匐前進，藉此拉開自己和巨龍之間的距離。他躺了好幾個小時仍喘不過氣，感到不適，只好鑽進一株荊棘叢底下，最後痛苦地爬起身，回到森林的營地。他希望哈利也回去了，但如果沒看到他出現在那裡，他也不感到訝異。

狀況延續好幾週、好幾月，空氣中飄散著塵埃與落下的餘燼，人們的衣服和肌膚上沾滿惡臭。醜陋而龐大的身軀終於逐漸拖行遠離，穿過原野和草地，留下和岩壁上相同的深溝，寸草不生。村民在某座丘頂看到那隻生物毫不猶豫地齊頭穿過湖泊的沙岸，速度絲毫未變。牠穿越淺灘，簡直像無意識的衝動，或是受某種生物需求的驅使，就像蟾蜍定期的歸鄉行為，或烏龜回到水域繁殖。

巨型龍頭向下浸入湖面，龍頭入水的位置頓時沸騰起來，如同大鍋般冒出蒸氣。接著龍頭潛進水中，湖水繼續沸騰，洶湧翻騰。後方移動遲緩的修長身軀緩緩扭動，日復一日地滑過沙地，穿越湖水鑽進深淵。直到最後，人們只能在淺灘下看見粗短醜陋的屁股。一天，就如同巨龍意料之外的到來一樣，牠就這樣離開此地，消失無蹤。巨龍鑽入湖中，只餘被壓毀的土壤、岩石和植被，以及高熱吐息的痕跡。

村民從遠處看著他們村莊的整片土地都遭到破壞。房屋被壓垮，樹木連根拔起；燒焦的土壤上留有深溝，沾滿灰燼的地面冒著濃煙。人們在廢墟中漫步，翻開四散的磚塊與木板。有些人在塵埃中尋獲失去的寶物與小東西，像是一枚硬幣、半本書和凹陷的鍋子。一些在混亂初期消失的人也回來了，頂著燒焦的眉毛或灼傷的臉龐，但其他人再也沒有出現。

傑克和伊娃一同回來，卻有一瞬間判斷不出他們家的廢墟在哪個方向。巨龍留下的一條壕溝穿過遠處，與花園圍籬平行，圍籬幸運地仍舊矗立原處。圍籬內的花園、陽台、門口和窗戶一如往昔，只是上頭都沾上了一層灰燼。傑克抬起用來藏鑰匙的石頭，鑰匙還在原本的位置。兩人走進屋內，桌椅、火爐、書架和伊娃的織布機仍在原處。織布機位在屋子後頭的窗邊，從這裡可以看到山峰。

這時，後門傳來一陣沉重的撞擊聲，傑克開門，低頭便看到小豬波里斯。牠發出些許烤豬肉的氣味，燒傷的外皮上一根鬃毛也不剩，但小豬認出了對方，深邃的小眼睛裡充滿喜悅。

也許是奇蹟或運氣，小豬居然逃離了巨龍的吐息與火舌，兩人不禁開始期盼哈利也能回家。他們盼了好幾天、好幾個月，又違背理智地期盼了好幾年，但哈利沒有回來。

伊娃拍掉她地毯上的灰塵。地毯擺在房屋後方，窗戶也關得很緊，所以只沾上了一點灰燼。她盯著地毯上的紅、藍、黃、黑色，陌生得彷彿自己從未見過這些色彩，卻又有種熟悉感讓她感到莫名喜悅。如果兩千年後的考古學家發現這間房與織布機上的毯子，可能也會興奮不已，這些物品居然出乎預料地保存良好；他們想必會好奇當時的工藝，還能透過這些人造品遙想當年居民的日常生活。

此刻，伊娃對自己的作品正是產生了這種驚奇感。木頭、羊毛、骨梭的韌性，雉雞蹲踞在未完成的樹上，以及飽滿的石榴——她以這種方式呈現她自身的過往，她母親、外婆的過往，同時留下她的才華，以及她忙碌、緊張、憂慮和盲目摸索的時期。認知到這些，使她覺得感動與震驚。

傑克也處在愉悅與驚奇之中，他一再從窗口跨出房子，窗外面對冒煙的廢墟，也能從中看到永恆不變的山脈。兩人抱住獲救的波里斯，感受牠潮濕的豬鼻和溫暖的身體。劫後餘生的驚喜一口氣洗去過往的乏味感，許多人往往要經歷恐懼與損失後才能明白這點。我相信一旦體會過這種日常的驚奇感，就無法輕易忘卻。這些日常生活將在某時某地綻放來自天堂的喜悅光輝。

居民重建了村落，新房屋外遍植花朵、蔬菜與樹苗。當中有一間救援小屋用來安置獲救的一切。居民開始講述巨龍從山上下來的故事，使乏味的生活別開生面。那些灰燼、惡臭的氣息、巨龍的輾壓與吞噬，變成故事後聽來有趣又刺激，甚至動人心弦。人們將一些事蹟編成故事，一些事則緘口不提。傑克訴說哈利魯莽的勇氣，還有對方衝進濃煙中救出他的豬，但沒人提及日日夜夜枯等他歸來的苦楚，還有日漸放棄他歸來的希望。小豬靈活的身手與拯救過程為人津津樂道，但沒人明說在那艱苦歲月中牠可能難以存活。

那些大難不死而驚奇不已的人傳唱這些故事，日後這也將成為他們的孩子與孫子用來對抗無聊的神奇祕方，而故事中正隱含著和平、美與恐懼三者關聯的真相。

夜鶯眼中的惡靈

很久很久以前，當男女駕著金屬翅膀飛越天空，當他們穿著蹼腳在海底走路，學習鯨魚的語言和海豚的歌謠，當皮膚閃著珠母色澤的德克薩斯牧人亡靈與天堂美女，在尼加拉瓜山坡上的暮色中閃耀，當挪威與塔斯馬尼亞人民在嚴冬夢見新鮮草莓、棗子、芭樂和百香果，有名女子十分開心她與這些事大致無關。

她的主業是說故事，但她並非聰穎的女王，擔心著黎明將迎來死亡，也不是將沙阿[1]推過睡夢大門的納吉布馬利克[2]；不是吟遊詩人，唱著征服者穆罕默德[3]攻陷拜占庭的歌謠；更不是身穿短皮褲、頭戴皮帽的神聖托缽僧德爾維希[4]，駭人地揮舞著斧頭與棍棒。她不是在鄂圖曼宮廷或市集旁的咖啡屋講述傳奇故事的說書人麥達赫[5]，她只是個敘事學家，是種次級人員。她成天窩在大圖書館中占卜、詮釋和剖析兒童童話故事、成人世界的伏特加海報，人們邊喝金牌咖啡邊吐

1. 譯注：沙阿（shah），波斯語中的古代君主頭銜，指中東國家的國王。
2. 編按：納吉布馬利克（Naquibolmalek），應為作者創造的虛構詞語，形容一特殊能力者，能夠引領國王進入夢鄉。
3. 譯注：征服者穆罕默德（Mehmet the Conqueror），穆罕默德二世的稱號，年僅二十一歲便攻陷君士坦丁堡（舊名拜占庭，現今土耳其伊斯坦堡），消滅東羅馬帝國。
4. 譯注：德爾維希（dervish），伊斯蘭教的一種修士，類似苦行僧、托缽僧。鄂圖曼帝國蘇丹聖戰的主力。
5. 譯注：麥達赫（meddah），土耳其傳統文化中的公眾說書人，從十六世紀開始

露的那些無止境的浪漫故事，以及各種禁忌戀愛組合如醫生護士、公爵與貧窮少女、女騎士與音樂家。有時，她也會飛翔。在她貧困的年輕歲月裡，她曾以為學術生涯乏味又一成不變，但現在她已深諳此道。她一年有兩、三次會飛到中國、墨西哥、日本、外西凡尼亞、波哥大或南太平洋等奇異城市，眾敘事學家會在那如椋鳥般聚集，再像群睿智的禽鳥般講述故事的故事。

當我的故事展開之時，綠海漆黑一片，如殺人鯨的皮膚般光滑；停滯的海浪著了火，舞動的火焰與臭氣沖天的濃煙翻湧。空蕩的沙漠滿布骷髏頭與告知死亡的霰彈，無形的瘟疫在沙丘間蔓延。那些日子裡，男男女女都害怕飛向東方，包括敘事學家，他們聚會的次數也隨之減少。不過，我們這位名叫吉莉安·佩赫特的敘事學家，此時正在倫敦到安卡拉之間的上空。有誰看得出她正在旅行呢？她是個態度冷淡的英格蘭人，也無法想像自己在空中被炸飛。或者該說，儘管她確實充滿想像力，也能感受到一股恰如其分的恐懼，她仍無法抗拒一場海外旅行。飛過雲端，飛到伊斯坦堡的宣禮塔上空，親眼見識金角灣[6]、博斯普魯斯海峽，以及歐洲和亞洲的海岸帶來的誘惑。吉莉安·佩

在鄂圖曼帝國流行。

6. 譯注：金角灣（Golden Horn），伊斯坦堡的重要水道之一。

赫特告訴自己，根據統計，飛行比其他任何旅行方式都安全，而這次也只是稍微不安全點，不過就是安全程度稍微降低一點而已。

她常用一句話形容獨自空中旅行的微妙樂趣。當她對自己念出那如魔咒般的話語，銀色大型飛行器正脫離希斯洛機場肚臍般的道路，如同信天翁般搖搖晃晃衝過柏油路，直上天際，穿越英格蘭灰色的雨幕和鐵灰羊毛般的雲層，飛入絲絲蒸氣構成的世界。她渺小的舷窗外，飛機正拖曳著修長的機翼和雲彩，在存在已久的藍金色世界裡翱翔，此處永遠在灰雲之上。

「漂浮又多餘。」她自言自語，邊啜飲香檳，再輕咬鹽味杏仁。與此同時，一片天國之景包圍著她。白雲如波，耀眼奪目；雲影染上粉紅與藍，陽光又讓一切更加鮮明，彷彿觸手可及。「漂浮又多餘。」她低語，洋溢著幸福。這時飛機偏轉，機艙內響起男性的模糊嗓音，通知法國上空有片水氣，但它很快就會被燒乾，接著乘客就能看到阿爾卑斯山。她心想，「燒乾」是個強烈的用語，在修辭上十分有趣；水明明不會燃燒，太陽的溫度卻又會使水分化為虛無——我正處在猛烈的力量之中。此刻我比任何跟我相似的女性、比我祖先所能想像到的都更接近太陽。我能望向它，並穩穩地端坐在此，漂浮又多餘。

這句話自然不是她自己想出來的；如我所說，她是個次級人員。這句話出自約翰・米爾頓[7]，他在名聲達到頂點時憑空想出或從周遭獲得靈感，用來描述天堂樂園中狡猾長蛇的原始身軀。吉莉安・佩赫特記得那一天，這句話第一次從書頁上成形，綻放美感，襲向跟夏娃一樣毫無戒備的她。十六歲的她是個金髮雪肌的處女，生著一雙朦朧藍眼（這是她想像自己的模樣）。在滿是灰塵與墨漬的書桌上，有本破爛的翡翠綠書，上頭也沾著墨漬。這是本二手書，上頭的字跡或許來自勤勤懇懇或不耐煩的女性之筆；書頁間盡是辛辣的氣味，那是由墨水、油氈、灰塵或灰燼構成的味道。當時，這個生物就這樣出現在她面前，態度傲慢又可愛。

牠並非如波浪般，
在地面蛇行，就像往常那樣，而是
用身體環成一圈，再一圈圈往上越堆越高，

7. 編按：約翰・米爾頓（John Milton，一六〇八—一六七四），英國詩人，思想家。代表作有《失樂園》、《論出版自由》。

層層蛇身有如波濤洶湧的迷陣。而牠的頭
好似被推向浪尖，眼如紅玉；
昂揚的脖頸閃耀著翠綠與金光。
草地上，蛇尾隱沒在盤旋的蛇身中，
漂浮而多餘。牠的模樣討喜
又可愛。[8]

那一瞬間，吉莉安．佩赫特親眼**見到**了那條蛇。那不是夏娃在樂園中看到的蛇，也不是從失明的約翰．米爾頓腦袋中的黑暗洞穴揚起身子的蛇；牠可以說是用文字構成的蛇，能用肉眼看見。當吉莉安還小，就經常**看見**狼群、熊和小灰人，他們會站在門前保護她的安全，或在她父親週日在扶手椅上沉睡時出現。我已經離題或是快離題了，我把蛇喚過來（我也見過牠），好解釋佩赫特博士是如何看待自身的狀態。

在那些日子裡，有人教她把「漂浮而多餘」解釋為米爾頓對兩種語言的神奇融合。「漂浮」（floating）源自條頓人[9]，與洪水有關；「多

8. 編按：本段出自約翰．米爾頓《失樂園》（*Paradise Lost*），是以《舊約聖經．創世紀》為基礎創作的史詩。此段出自〈卷九〉，描述撒旦化身成蛇，發現落單的夏娃後，準備上前引誘她品嘗禁果（知善惡樹的果子）。

9. 編按：條頓人（Teutonic），古代日耳曼人中的一個分支，後來漸漸與日耳曼其他民族融合。後世常以條頓人稱呼日耳曼人或德國人。

餘」（redundant）源自拉丁語，和「過多」有關。她自己的理解是，「多餘」一詞在現代的意義，指的是過多、沒人需要、不必要、叫人離開。「恐怕我們得讓你離開了。」無論何地總有雇主這麼說，讓不情願的美人魚愛麗兒獲得自由，彷彿員工是一副副受困的靈魂，因為太過擔憂才不敢無所顧忌地衝入大自然。

不過，佩赫特博士在就業上用到的智慧只是雕蟲小技，她把大部分的聰慧投注在性別和年紀上。她是個五十多歲的女人，早就過了育兒的年齡。她的兩個孩子都成年了，雙雙離開英格蘭的家園，一個去加拿大薩斯喀徹溫，另一個去了巴西聖保羅。他們很少聯絡，兩人都忙於照顧自己的孩子。佩赫特博士的丈夫也已離家。在自我探索了兩年後，他就此離她而去。

丈夫花了兩年在他家，或者他們家進進出出，自我控訴，暴躁易怒；非自願的陽痿，抗拒煮好的美食，刻意炫耀自己隱藏的訊息，並在佩赫特博士看似在睡覺時喘著氣講電話。他也錯過晚餐約會，銀行帳戶金額神祕地下降；口氣經常傳出白蘭地與煙霧的氣息，皮膚的氣味也很古怪，帶有陌生汗水味、風信子和非洲茉莉的味道。他和愛蜜琳．波爾特一起去西班牙馬約卡島，並從那裡發了傳真給吉莉安．佩赫特，說自己這麼做是懦夫之舉，但也是為了救她，並說自己不會回家了。

傳真傳來那天，吉莉安．佩赫特剛好在書房裡，傳真鈴聲和紙張翻飛的聲響宣告了傳真的到來。白紙慵懶地升向空中，再軟綿綿地癱在書桌邊緣。傳真內容冗長又推卸責任，但沒必要明說，你就完全能想像出來；你也可以自行想像愛蜜琳．波爾特的模樣。她和這篇故事毫無關係，你只需要知道她年方二十六，外型或多或少和你想得相同。吉莉安近乎仰慕地看著傳真接二連三地吐紙。她並不是讚嘆佩赫特先生的文筆，而是這些情緒激動的黑字竟能鑽進馬約卡島的機器孔隙中，轉瞬出現在倫敦櫻草花山的她家書房裡。

傳真機是為了擔任編輯顧問的佩赫特先生所購入，以便在他被請出公司或變得多餘時，得以在家工作，但它的主要使用者是吉莉安．佩赫特。她會收到來自開羅、奧克蘭、大阪和西班牙港的敘事學家寄來的電子郵件和不同版本的故事。既然他已經走了，傳真機就歸她了。儘管作為女人，她是個多餘的存在，既不是妻子、母親，也不是情婦；但作為一名敘事學家，她與多餘二字毫不相干，恰恰相反，到處都有人想找她。這是個女人充滿特權的時代，是厲害的女性敘事學家會被尊敬的時代。在這個時代，敘事學的世界裡有女預言家、女修道院長和女先知的存在，她們揭開世界的奧祕，並守護正確的道理。

收到傳真後，吉莉安．佩赫特站在空蕩蕩的書房裡，想像自己面對這段背叛會有多悲憤。她痛失愛情，失去伴侶，或許還失去世人的尊敬，成為被年輕女孩取代的老女人。那天，櫻草花山陽光明媚，書房的牆壁映著一片令人愉快的金色。她看著房裡充斥金光，內心感到十分輕盈，甚至洋溢著幸福與決心。她充滿詩意地認為，自己就像掙脫鐵鍊、邁出地牢的囚犯，大好陽光正刺痛著雙眼；又像隻被關在盒子裡的小鳥，或困在瓶中的氣體，找到開口後終於能全力向外衝出。在她的人生中，她覺得自己終於得以自由伸展。再也不須枯等用餐時間，不用埋怨與爭執，不必疲憊地期待他人的感受；沒有打呼，沒有臭屁，洗手台上也不會有鬍碴了。

她思考自己的答覆，寫下：

好的，我同意。衣服已經打包好在儲藏室裡，書本也裝好在箱子裡。我會把鎖換掉。祝你玩得愉快。G留。

她很清楚自己有多幸運。她越來越常想到她的女性祖先們，這些女人在她這個年紀可能都已經過世了：死於分娩，死於流行性感冒、結核病或產褥熱，或是過勞而死。當她回想過去，便看到她們死於牙齒蛀光、膝蓋骨破裂、飢餓、獅子、老虎、劍齒虎、入侵的外國人、洪水、大火、宗教迫害或人類獻祭。思考這些有何冒犯？某些女性敘事學家會以討喜的敬畏語氣談起過去那些老婦的睿智，但她並不是老婦——她是個前所未見的狠角色，是個有瓷牙、眼睛雷射矯正過、有自己的積蓄、有自己的生活與專業的女人。她能飛行，睡在世界各地的豪華被單裡；當她感到漂浮而多餘時，白天能遠眺太陽之下的白色雲海，夜裡能看見明亮的繁星。

在安卡拉舉行的會議主題為「女性生活的故事」。這主題十分寬泛，好囊括進來自世界各地不同類型、不同世代與時代背景的人。

有名氣宇軒昂的蓄鬍土耳其教授在機場迎接佩赫特博士。黝黑的他面露微笑，佩赫特博士立時衝進他懷裡，發出端莊而喜悅的叫喊。他是佩赫特博士的老朋友，當他們還是學生，曾一起待在中世紀高塔裡，漫步流速和緩、長滿柳樹的河畔。他們曾有屬於兩人的故事，只能算是一段插曲，是段不甚明朗的關係，但現在關係變得更堅固了；在他們的人生裡，這段關係未曾斷裂。

佩赫特博士對漢莎航空的金髮空服員感到憤怒。在身穿灰色西裝的商人們下機時，那名空服員嚴肅地向他們鞠躬，說著：「先生再見，謝謝您；先生再見，謝謝您。」但對佩赫特博士，她卻只傲慢地說了句：「再見，親愛的。」但在她思考這些時，歐漢・利法特早已走出機場大門。他總是滿腦子工作計畫、新點子、新詩文和新發現。他們會和一群土耳其朋友去拜訪伊茲密爾，接著吉莉安會造訪他的城市伊斯坦堡。

和大多數會議相同，這場會議就像一座市集，眾人交換故事與想法，改變觀點與情節。會議在一座雄偉的劇院中舉行，裡頭沒有對外窗，但有螢幕，幻燈片在黑暗中陣陣閃爍。最厲害的敘事學家透過講述與重述故事，來展示自己的功力。這能阻止聽眾睡著，也讓敘事者將自己注入故事中。此刻，一名激進的瑞士作家正講述傷寒瑪莉[10]的恐怖故事；她是個無辜的傳染者，也是個不知情的殺手。優雅的萊拉·杜陸克為她版本的膽怯芬妮·普萊斯[11]增加了熱情與浮誇感；病懨懨的她，在英格蘭深邃的林間郊區顫抖。

歐漢·利法特將在最後發言，他的演說標題是〈力量與無力：《一千零一夜》中的精靈[12]與女性〉。吉莉安·佩赫特則在他之前發言，她選擇分析《坎特伯里故事集》[13]中學者的故事，也就是耐心的葛莉賽達的故事。沒什麼人特別喜歡這篇故事，不過它是由喬叟最令人同情的一名朝聖者所說，他是一位熱愛書本又超脫凡俗的牛津學者。他從佩脫拉克的拉丁文中擷取這段故事，而佩脫拉克又是從薄伽丘的義大利文中得知此事。吉莉安·佩赫特並不喜歡這篇故事，這就是為什麼她想在眾多「女性生活的故事」中講述這一則。她問自己：當我收到邀請、想到「女性生活的故事」，會想到什麼？她感到有些刺激地想起「耐心的葛莉賽達」。

10. 編按：瑪莉·馬龍（Mary Mallon），是美國第一位被發現的傷寒健康帶原者，因此被稱為傷寒瑪莉（Typhoid Mary）。瑪莉是名廚師，因此造成五十三人感染傷寒，三人死亡。最後在隔離期間過世。

11. 譯注：芬妮·普萊斯（Fanny Price），珍·奧斯汀（Jane Austen）的小說《曼斯菲爾德莊園》（*Mansfield Park*）的女主角。

12. 譯注：精靈（djinn），伊斯蘭文化中的隱形生物，據說能夠自由變形。

13. 編按：《坎特伯里故事集》（*The Canterbury Tales*），英國詩人喬叟所著。講述三十多名朝聖者為排遣無聊，在旅途中分享各自的故事。

於是她在安卡拉對一眾學者和學生發表了演說。大多土耳其學生和別處的學生相同，身穿牛仔褲和T恤，但前排有三名年輕女子特別顯眼，她們頭上纏著灰色圍巾。還有身穿制服的年輕士兵散坐在穿牛仔褲的年輕人之間。在世俗的土耳其共和國內，圍巾是違抗宗教的象徵，代表獨立的行為。抱持自由派思想的土耳其教授們，或許應該對此感到欣慰，不過在穆斯林國家，他們自己所教導與關心的內容，都和在場的包頭女子一樣，有如禁忌，令人反感。吉莉安·佩赫特觀察，一眾年輕士兵正專心聆聽，仔細抄寫筆記；三名戴頭巾的女子則自始至終驕傲地盯著前方，從未注視過講者的雙眼，彷彿完全專注在自己的一意孤行中。歐漢告訴吉莉安，他問了其中一名女子她為何要做這種打扮。「我父親和我未婚夫說可以，」她說，「我也同意。」

以下的故事是吉莉安·佩赫特講述的「耐心的葛莉賽達」。

從前有位名叫華特的年輕子爵住在隆巴底。他很享受人生，熱愛運動（打獵與帶鷹狩獵），就跟尋常年輕人一樣。他也不想結婚，或許是因為婚姻對他而言是種禁錮，也可能是因為婚姻象徵青春的結束；如果青春無所顧忌，那婚姻就會終止這種自由。不過他的家人要求他娶妻。可能家人跟他說，他該考慮生個繼承人，或是他們覺得婚姻能讓他定下來。他聲稱對方的論點說動了自己，便邀請家人在他選定的日子來參加他的婚禮——條件是，無論他選的對象是誰，他們都得接受。

華特的怪癖之一，就是喜歡讓別人先承諾，再無條件接受他的要求，這樣別人就不能埋怨他做出的選擇。

於是眾人欣然同意，並準備在當天參加婚禮。他們大開宴席，並為不知名的新娘準備好華美的衣裳、珠寶與被單。神父也在預定好的那天等待，新娘的隊伍也走了上來，但依然沒人曉得新娘是誰。

另一頭，有個女子名叫葛莉賽迪絲，或是葛莉西德、葛莉西迪絲、葛莉賽兒，或葛莉賽達，是個窮農夫的女兒，她貌美又忠貞。婚禮當天，她去井邊打水。她家風勤勉，本打算先完成家事再和其他農民一起站在路邊，為經過的新娘隊伍歡呼。跟我們大家一樣，葛莉賽達也想參與婚禮，靜靜欣賞新娘——是人都愛看新娘。故事裡的新娘與公主，都是外界的人想像出來的，沒人知道真實狀況，但葛莉賽達依舊引頸期盼，並在心中想像當這位不知名的女子騎馬經過時，她會有什麼感受。

然而騎著馬迎面而來的，只有那位年輕的貴族。他並沒有逕自經過，反而停下腳步，要她放下水瓶並稍待片刻。貴族向她的父親開口，如果她父親同意，他打算娶葛莉賽達為妻。年輕貴族再轉向這名年輕女子，說他想讓她做自己的新娘，而他唯一的要求，是葛莉賽達得答應遵從他的所有要求；無論日夜，都得照他的意願做事，不得猶豫或抱怨。喬叟告訴我們，葛莉賽達「因恐懼而顫抖」，並發誓自己無論在行動或思想上，至死都永遠不會違抗他，不過她仍向年輕貴族吐露自己畏懼死亡。

年輕的華特立刻下令換下她的衣服，要她穿上準備好的華服，頭髮也梳理整齊，戴上珠寶冠冕。於是她就這樣結了婚，住在城堡裡。喬叟細心地告訴我們，女子在新角色上展現出優秀的判斷力，她善於解決爭端，同時仁慈又多禮，人民十分敬愛她。

但劇情勢不可擋地繼續下去。婚禮之後，就進入那句承諾所預示的不祥未來。此時吉莉安·佩赫特補充：所有和承諾、禁忌有關的故事，裡頭的承諾和禁忌幾乎都會無可避免地失敗，誓言被打破。歐漢·利法特在鬍鬚下露出笑容，士兵們也奮筆疾書，寫下承諾和禁忌的筆記，而戴著灰色頭巾的女子們則繼續盯著前方。

喬叟說，過了一陣子後，葛莉賽達生下一名女兒。雖然她寧可生兒子，不過每個人還是十分高興，因為當一個女人證明自己並非不孕，之後就可能生下兒子了。此時華特想測試自己的妻子。吉莉安說，有趣的是，故事集中的牛津學者此時跳脫了為主角敘事的旁白身分，說他看不出測試有任何必要，但他繼續說下去。華特肅穆地告知妻子，人們埋怨自己竟被農民的女兒統治，也不想讓這種人的孩子統治自己，因此他提議處死他女兒。葛莉賽達回答，她和她孩子都任憑他處置，華特便派了一名凶悍的軍官從她懷中搶走孩子。葛莉賽達向他吻別，只要求把孩子安葬在野生動物不會傷害她的地方。

過了一陣子，葛莉賽達生下一名兒子。而丈夫仍舊打算測試她，便下令也將這孩子從她懷中奪走，帶去處決。葛莉賽達依然堅守她的誓言，向他保證自己不會傷心難過。她說，她的兩個孩子剛開始帶給她病痛，「之後則是不幸與痛楚」。

吉莉安說，之後故事停滯了一陣子，時間長到讓在波隆那祕密長大的兩名孩子長到青春期，已經可以論及婚嫁了。這段停滯期就和《冬天的故事》[14]第三幕與第四幕中間的間隔一樣長，王后埃米奧娜此時被藏了起來，人們也以為她已經過世了。牧羊人養大了王后被遺棄在外的女兒珀迪塔，王子則向珀迪塔求婚。日後珀迪塔被迫逃到西西里，她在那和洗心革面的父親與母親快樂地重逢。她母親原本化為台座上的雕像，後來奇蹟般地透過魔法重獲新生，也重拾歡樂。吉莉安說，在《冬天的故事》，可愛的女兒是母親的新版本，就如同波瑟芬[15]的重生象徵春天降臨原野，先前的原野則因她的母神狄蜜特[16]的怒火而變得荒蕪。吉莉安在此稍作停頓。她望向聽眾，告訴他們埃米奧娜的朋友兼僕人寶琳娜接下了女巫、藝術家和敘事者的力量，讓失落的王后重拾生命。

吉莉安說，對我來說，我從來無法容忍或忍受以陰謀作為結尾，

14. 譯注：《冬天的故事》（*A Winter's Tale*），莎士比亞於一六二三年發行的劇本。其第三幕和第四幕之間有十六年的跨越。故事描述西西里國王因故懷疑王后不忠，便囚禁妻子。王后生下女兒珀迪塔後死亡，女兒則被牧羊人祕密扶養長大。最後國王和女兒和解，王后則從雕像中奇蹟復活，一家人團聚。

15. 譯注：波瑟芬（Persephone），希臘神話中的冥府王后。

16. 編按：狄蜜特（Demeter），希臘神話掌管農業的地母神。女兒波瑟芬被冥王黑帝斯擄走。得知此事被宙斯默許後，狄蜜特找上宙斯命令祂讓黑帝斯還回女兒，否則大地將顆粒無收。

也就是波瑟芬在春季復活的相反版本。人類不會消亡，而是如同野草、玉米般生生不息；然而一個人僅有一條性命，必然變得老邁。對埃米奧娜來說——你可能也猜到了，還有耐心葛莉賽達——陰謀詭計奪走了她大部分的人生，她被迫活在無能為力的灰暗虛空中。

當葛莉賽達的兒子——或更重要的，當她女兒長大時，葛莉賽達做了什麼？劇情不斷飛逝，女人的生活在一瞬間從婚禮進入生子，再化為虛無。喬叟沒有提到後來出生的孩子，不過他堅稱葛莉賽達依然維持著自己的愛情、耐心與順服。但她的丈夫得打壓那些「寶琳娜」試圖述說、安排與引導一切的念頭。他運籌帷幄，得到了教宗的恩准好休掉妻子葛莉賽達，另娶一個年輕新娘。人民低聲相傳那些孩童遭害的事。如果我們還願意繼續聽下去，華特去找了他那位耐心的妻子，告訴她自己打算用更年輕貌美的新娘取代她，她得回到她父親身邊，並留下他以前贈送的華美服飾與珠寶等物。葛莉賽達依舊充滿耐心，不過喬叟在此為她的耐心美言幾句，好讓讀者同情她，並抵擋那股不耐煩。

赤裸的葛莉賽達告訴她丈夫，她本從她父親那而來，自會赤裸地回到她父親身邊。但既然他奪走了她所有舊衣服，葛莉賽達請求對方給她件罩衫蔽體。「我走路時，產下你孩子的子宮不該袒露在人民面前。別讓我，」葛莉賽達說，「如同蠕蟲般走在路上。就當交換我無法帶走的處女之身，給我件罩衫吧。」華特便仁慈地允許她穿著身上的衣服遮蔽裸體。

不過華特又想到了其他花招，每種花招都使他的陰謀更完美。葛莉賽達一回到家，就看到她丈夫出現在那，要她返回城堡，為他的年輕新娘收拾房間，準備饗宴。他說沒人能辦得比她更好。你可能以為當葛莉賽達回到她父親家，誓言就已經結束，但她並不這樣想。葛莉賽達耐心地回去，也耐心地烹飪、打掃，整理好新婚的床鋪。

新娘隊伍隨後抵達城堡，美麗的女孩就在隊伍中央。葛莉賽達穿著破破爛爛的衣服在大廳工作，饗宴擺設妥當，王公貴族就坐享用餐點。此刻，葛莉賽達顯然成為了婚禮遲來的旁觀者。接著華特要葛莉賽達去見他，並問她對於他的妻子跟她的美貌有什麼想法。葛莉賽達沒有咒罵女子或華特，而是一如往常地耐心回應她從未見過這麼美麗的女子，也懇求並警告他：「永遠不要虐待這個溫柔的女子。」正如他對自己做過的事。年輕新娘的出身優渥，可無法承受這種待遇。

華特終於迎來自己的結局，故事也來到尾聲。他對葛莉賽達揭露：他的新娘其實並不是他的新娘，而是她的女兒，隨從則是她的兒子。現在一切都沒事了，她也該幸福快樂地生活下去，因為他所做的一切並非出自惡意或殘酷，而是為了測試她的誠實。他終於了解對方並不欠缺這點，一家人就此團圓。

聽到這裡，葛莉賽達做了什麼呢？吉莉安．佩赫特問。她說了什麼，又做了什麼？佩赫特博士重覆。她的聽眾產生了興趣。大多人對耐心葛莉賽達故事的理解，僅限於標題與概念：當兔子被逼急了，真的會咬人嗎？或許是被葛莉賽達裸體的畫面而觸動，有一、兩人潛心思考，眾人也齊齊望向佩赫特博士想尋求解答，她卻有如凍僵一般，沉默不語。她站在講台上張口欲言，做著浮誇的手勢，燈光點亮了她的眼珠。她是個矮胖的女子，皮膚柔軟光滑，身穿適合矮胖女子的垂墜感亞麻洋裝和外套，石灰色的衣服上點綴著藍色玻璃珠。

吉莉安．佩赫特用水汪汪的眼睛盯著聽眾，發現自己的聲音逐漸變弱。她彷彿置身遙遠的古代——她是根鹽柱，嗓音有如在玻璃箱中迴響。那是一聲悲傷的尖鳴，像一隻在冬天迷路的螽斯。此刻，她無法移動手指或嘴唇。在大廳裡，在那群灰頭巾的女子身後，她看到了一個魁梧的身影。那是名高大的女子，蒙著兜帽的她微微低頭，細瘦的手臂無力地懸在身側。她身上的兜帽斗篷在虛空中飄動，平凡而難看，卻顯得那身衣著格外駭人。那女子就在那裡，吉莉安能看到她布料上的每層皺褶和她紅腫的眼眶；她陰鬱的嘴裡沒了牙齒，薄唇上滿是裂痕。吉莉安能看到她身上的各種顏色，然而每種色彩都黯淡灰敗。這個生物胸部平坦，乾癟的皮膚暴露在虛空中，腹部與子宮空空如也。

吉莉安．佩赫特心想：這就是我擔心的事。她的腦筋持續運作，想弄明白那東西究竟是幻覺，還是某種未知波段內的產物。

看到吉莉安死死盯著前方，如同宴席間的馬克白[17]，歐漢起身想去幫忙她。這時她再度開口說話，彷彿什麼事都沒發生，聽眾也嘆了口氣，放鬆靠回座位上。眾人儘管心裡緊張，但依然維持著禮數。

那葛莉賽達做了什麼呢？吉莉安．佩赫特問。她說了什麼，又做了什麼？佩赫特博士重覆。首先，她既吃驚又無法理解，於是昏了過

17. 譯注：典故出自莎士比亞的劇作《馬克白》。

去。她醒過來後，先感謝她丈夫救了她的孩子，再告訴孩子，父親細心照顧了他們。她緊緊擁住兒女，又再度失去意識；擁抱的力氣大到別人都無法從她懷裡把孩子們拉出來。喬叟和牛津學者都沒說她是要勒死孩子，但語帶恐懼。葛莉賽達釋放出積壓在體內的所有精力，強烈的力道使三人都失去意識，沒能參與他們一家之主帶來的精采大結局。

葛莉賽達後來當然甦醒了，脫去她的舊衣，穿上金衣，頭戴珠寶，重返宴會中的高位，讓一切再度開始。

我想為這樁可怕的故事說幾句話。吉莉安·佩赫特說。這故事真令人不舒服。你們或許會以為，這是父親、國王或貴族企圖在妻子死後迎娶自己女兒的那類故事，就像《冬天的故事》之前的故事版本，國王里昂提斯企圖迎娶珀迪塔一樣，它描述了一名尋求回春的男子，企圖用對人類不恰當的方式，而不像原野中的花草般，花開花落自有時。這個模式痛苦但符合天性，故事情節會急於處罰並更正這種人性錯誤。但耐心葛莉賽達的可怕之處在於，它並不是亂倫或年齡差帶來的心理恐怖，恐怖則是來自故事的講述方式與華特的說詞。這篇故事非常駭人，因為華特在敘事中占據了太多位置；他是英雄、惡棍、命運、上帝與旁白——這篇故事中並沒有**遊戲成分**。不過在他之後的學者和喬叟，試圖利用讀者矛盾的感受來講故事，以更改故事的風格，並在字句中諷刺葛莉賽達兒子快樂的婚姻：

在婚姻中他十分幸運，
眾所皆知，他善待妻子。
世界從未如此強大，
亙古亦然。

後來有評論家表示，故事中的教訓**並不是**妻子該遵循葛莉賽達的謙卑精神，因為這是不可能的事，就算有人想也辦不到。學者說這故事的教訓跟《聖經》裡的約伯[18]相同，而根據佩脫拉克，人類必須耐心地承受發生在他們身上的事。但如果我們碰上發生在葛莉賽達身上的事，反應肯定是憤怒——她被剝奪了她人生中最精華的時光，而且永

18. 編按：約伯（Job），在《聖經．約伯記》中被描述為一位善良正直的人。撒旦指控約伯是貪圖物質才事奉上帝，於是上帝讓約伯的財富、子女、健康被奪去。約伯保持忠誠，沒有詛咒上帝，最後獲得更多上帝的祝福，多活了一百四十年。

遠無法復原。那時她失去了活力。在虛構故事裡，和女人生活有關的故事，都跟她們失去活力有關：芬妮．普萊斯，露西．史諾威[19]，甚至是葛溫多琳．哈萊斯[20]的故事，都稱得上是葛莉賽達的故事，而她們也都面對了令人窒息的時刻。

吉莉安．佩赫特抬頭一看，那個食屍鬼般的生物已經消失了。聽眾掌聲如雷，她走下講台。直率而溫和的歐漢問她是否感到不適，她則說自己只是頭暈，沒什麼好擔心的，只是短暫的症狀而已。她本來也想把幻覺的事告訴對方，但僵住了。她的舌頭如鉛塊般沉在嘴裡，說不出這句話。無法說出的事物，在血管、腦細胞與神經中持續生效。從孩提時代開始，她就知道如果自己能描述樓梯上的灰衣人，或廁所裡的老妖婆，對方就會消失。但她辦不到。她鮮明又恐懼地想像出它們，有時也會親眼目睹，把她嚇壞。

歐漢的研究在會議最後上場。他一直是個天生的表演者，至少在吉莉安的經驗中是如此。她記得在學生時代，他們倆都參與了一場

19. 譯注：露西．史諾威（Lucy Snowe），夏綠蒂．勃朗特（Charlotte Brontë）於一八五三年創作的小說《維萊特》（*Villette*）的女主角。

20. 譯注：葛溫多琳．哈萊斯（Gwendolen Harleth），英國作家喬治．艾略特（George Eliot）於一八七六年出版的小說《丹尼爾．德隆達》（*Daniel Deronda*）的女主角。

《哈姆雷特》演出。歐漢扮演哈姆雷特父親的鬼魂，並用他低沉的豪語使人們的血液為之凝結。他的鬍鬚與當年不同，成了「摻有銀絲的黑鬚」，但仍和當年一樣維持著伊莉莎白時代的鬍型。不過他的臉已從年輕時代的深思氣質變得更加深沉。吉莉安心想，現在看起來更像是貝利尼[21]畫筆下的征服者穆罕默德。當時她扮演葛楚，但她其實想演歐菲莉亞。她想打扮得漂漂亮亮，在台上興致高昂地發瘋。她演出看不見鬼魂走進自己寢室的王后葛楚，這點再度讓她想到埃米奧娜——葛莉賽達鬼魂的幻象。此時她注視著高大雄偉的歐漢，他的鬍鬚下露出微笑，開始講述雪赫拉沙德與精靈的故事。

「我們得承認，」歐漢說，「仇女心態是近現代故事集錦中的一股動力，或許『框架故事』[22]尤其如此，從《故事海》到《一千零一夜》都一樣。為什麼這點之前沒有被提出來呢？就我所知，儘管理由可以從社會架構講到深層心理學，但令人難過的是，這些故事中的女性大多都被詮釋為善於欺騙他人、不可靠、貪婪、需索無度、毫無原則或極度危險的角色，並在沒有權力的情況下綻放強大的力量（女巫、女

21. 編按：喬瓦尼・貝利尼（Giovanni Bellini），義大利文藝復興時期藝術家。

22. 編按：框架故事（frame story），一種文學敘事手法，指故事中由一個角色開始向其他角色講述一個故事；或者敘事者坐下來寫一個故事，並向觀眾講述細節。運用框架故事的作品有：《十日談》、《一千零一夜》。

食屍鬼和巨魔除外）。

在本次會議主題的範疇裡，讓《一千零一夜》變得格外有趣的正是框架故事。故事雖然起始於遭女人背叛而引發殺意的兩個國王，但他們之中有位強大的敘事者：雪赫拉沙德。每天夜裡，她都在寢室、在床上，對她單純的小妹妹講故事，好拯救自己的性命，躲開國王對所有女性的恨意與復仇。雪赫拉沙德的保命招數，便是講述無止境的故事：開頭，拖延，結束，開頭，拖延，結束。她是個潛力無限且睿智的女子。」歐漢面露微笑地說，「在手無權力的狀況下，她運用機智與操縱能力，在寢室裡揮舞她的命運之劍。那就如同懸吊在譬喻性繩索上的達摩克利斯之劍[23]；她的敘事既是拴住利劍的繩索，也可能是她隔天早上的裹屍布。

和華特子爵一樣，山魯亞爾王打算同時擔任妻子的丈夫與命運主宰，只將故事要素與情節留給她妻子，而這也足夠了。說故事已足以拯救她，也足以讓她有時間懷孕、生下嬰孩。雪赫拉沙德也不讓丈夫發現自己的孩子，就如同華特不讓葛莉賽達看到自己的孩子，以便延長生命，直到最後過上幸福快樂的日子。這點跟葛莉賽達的人生也如

23. 編按：達摩克利斯之劍（Sword of Damocles），西方典故，源自古希臘傳說，比喻擁有強大力量卻也時刻害怕被奪去。達摩克利斯是迪奧尼修斯二世的朝臣，相傳他奉承迪奧尼修斯，自己十分景仰他擁有的絕對權力，君王便提議與他交換身分一天。在享受了宴會與當國王的感覺後，達摩克利斯抬頭才發現王位上方有一把利劍懸掛在僅一根馬鬃上。君王以此劍展示自己即使擁有權勢與財富，仍要隨時提防想殺掉他的人。達摩克利斯立時對饗宴失去興趣，請求君王放過他。

出一轍。這些故事並非心理小說，並不關注人物的心理狀態或角色發展，只跟人類天生的宿命、命運有關。導演帕索里尼（Pasolini）也曾提過優異的意見，說《一千零一夜》中的故事都以命運的消亡作結，『回到了令人昏昏欲睡的日常生活感』。但直到說完所有故事之前，雪赫拉沙德自己的人生是無法休息的，於是她生活中的日常感就此消失，和灰姑娘和白雪公主一樣。但包法利夫人和朱利安．海爾[24]的故事跟這些不同，這兩個人物以死亡作結，不過並沒有就此從故事中消失。但我猜我的論點，和我朋友兼同事佩赫特博士的論點一樣，著重在民俗故事裡的角色、命運和性；此處的『角色』與諾瓦里斯[25]口中的『命運』不同，而是全然異樣的事物。

接下來，我會先提到框架故事中女性的生活，接著我會討論卡瑪拉薩曼與布多公主的故事，這則故事在《一千零一夜》的書稿裡只講了一半……」

吉莉安．佩赫特坐在頭戴灰色圍巾的女人身後，看著歐漢黝黑的月牙臉，他開始講述國王兄弟山魯亞爾和夏沙曼的故事。夏沙曼為

24. 譯注：朱利安．海爾（Julien Sorel），法國小說《紅與黑》（*Le Rouge et le Noir*）中的主角。
25. 編按：諾瓦里斯（Novalis），德國浪漫主義詩人、作家、哲學家。

了出發去找他的兄弟，回家向他妻子道別時，發現她躺在一個廚房雜役的懷裡。他立刻處死兩人，並在絕望與噁心中啟程。他的情緒漸漸舒緩下來。當他來到他兄弟宮殿的窗口，只見他兄弟的妻子與二十個奴隸男女抵達一座祕密花園。奴隸中有十個白人、十個黑人，黑人脫下女奴的衣袍，並展現自己年輕的男性胴體。他們忙著與白人女子交合，而王后的黑皮膚愛人馬素德也從樹影中現身，和她做了同樣的事。這讓夏沙曼不禁莞爾，放心下來，因為他發現自己的命運跟眾人相同，也能對他兄弟暢所欲言了。山魯亞爾剛開始還不敢置信，接著便羞憤交加，絕望不已。於是厭惡又沮喪的兩名國王一起離開宮廷與原本的生活，踏上朝聖之旅，去尋找比戴綠帽的自己更不幸的人。

這時歐漢說：注意，此時沒人企圖謀害王后、她的黑人情人與二十名沉迷肉慾的奴隸。

不久，兩名國王碰上一名精靈，他如一根黑色柱子般從海面竄出，扶搖直上，頭上還頂著裝有四道鋼鎖的大玻璃箱。兩名國王（如同之前的馬素德）立刻躲到樹上。或許是運氣使然，或命中注定，精靈正巧躺到那棵樹下，並打開箱子，放出了一名美女——他在對方的婚禮當天將她帶走。精靈把頭枕在她腿上，立刻開始打呼。這名女子隨後對兩名國王示意，表示自己知道他們在那，而除非他們立刻過來滿足她高漲的性需求，不然她就放聲尖叫，讓精靈得知兩人的存在。在這種情況下要完成這種事，兩名國王覺得實在太困難了，但迫於背叛與死亡的威脅，他們只好盡力而為。

當兩人都和精靈偷的人婦做愛後，女子在樹下的沙漠上張開腿，拿走兩人各一枚戒指，再把戒指放進她隨身的小袋子裡；袋子裡頭已經放滿了九十八枚風格與材質各異的戒指。她帶著自信告訴兩名國王，儘管她被鎖在有四道鋼鎖的玻璃箱裡，還深藏在大海的怒濤之下，她依然能夠騙過精靈。她解釋，精靈徒勞無功地試圖讓她保持貞潔，卻不明白沒什麼能避免或改變命定之事：當女人想要某個東西，就沒有任何事能阻止她。

兩名國王逃離後，當即做出結論：精靈比他們更不行。於是兩人回到王宮，處死了山魯亞爾的妻子和二十名奴隸，再將眾女奴送入後宮。國王制定了「尋找處女新娘」的法律，規定婚後只要過了一個晚上，新娘就得受死，「以避免山魯亞爾王陷入女人的惡行與詭計」。

蓄著鬍子的歐漢笑著說，這讓雪赫拉沙德想出拯救無數女子的機智計畫：用敘事上的吸引力取代沒經驗的處女，而這也花了她一千零一夜的時間。歐漢說，在這個框架故事裡，男人的命運就是因女人的貪婪與欺瞞而失去尊嚴，而女人的命運則是因此被處死。

歐漢繼續：卡瑪拉薩曼王子的故事讓我感到有趣的部分，就是一名精靈的行為，完全改變了一位桀驁不馴的王子、這個普通人類的宿命。卡瑪拉薩曼是卡里丹王國的沙里曼蘇丹深愛的獨子。他是他父親老年時才得到的兒子，由身材姣好的處女妃子所生。卡瑪拉薩曼俊美如一輪明月，如春天的銀蓮花，如天使的臉龐。王子和藹可親，但十分自大。當他父親要他結婚以延續香火，他便引述智者的書籍來拒絕，裡面總描述女性的惡行與不忠。

「我寧死也不願讓女人靠近我。」卡瑪拉薩曼王子說，「真的，」他氣宇不凡地說，「如果你要強迫我結婚，我就會毫不猶豫地去死。」於是他父親有一年沒再提這件事。

這段期間，卡瑪拉薩曼變得更加俊美，父親又再問了他一次。男孩看了更多書，也更篤信女人毫無道德可言，愚笨又令人作嘔，他寧死也不想跟她們打交道。又過了一年，在大臣的建議下，國王在宮廷正式召見王子，對方仍傲慢地拒絕他。於是按照大臣的建議，國王將他的兒子關在一座毀損的羅馬高塔上，讓對方自己照顧自己，直到王子的脾氣變好些。

在那高塔的水槽裡，住著一個精靈。這是個女精靈，她是名信教者，也是蘇萊曼[26]的僕人，內心洋溢活力。

你們或許知道，精靈是受制於阿拉的三種天然智慧生靈之一：以光芒構成的天使，以巧火構成的精靈，和以塵土創造出來的人類。而精靈又分三種：飛行者、步行者與潛水者。他們的軀體伸縮自如，也和人類一樣，分成上帝的僕人與魔王伊比利斯[27]的僕從兩派。《古蘭經》裡經常勸精靈跟人類懺悔並投身信仰，其中也有法規管理人類和精靈間的婚姻跟性關係。精靈是屬於這個世界的生物，時而有形，時而無形。他們在浴室跟廁所間徘徊，也會飛越蒼穹。另外，精靈自身還具有複雜的社會系統和階級制度，我在這裡就不對此贅述。

故事中的精靈名叫麥穆娜，她是個飛行者。當她飛過卡瑪拉薩曼的窗口，看到這名年輕人就連在睡夢中也英俊無比，便忍不住飛進房

26. 編按：蘇萊曼一世（Suleyman），是鄂圖曼帝國第十位蘇丹，也是在位時間最長的蘇丹，同時兼任哈里發（穆斯林精神領袖）之職。有鑑於蘇萊曼一世的功勳，他普遍被西方稱為「蘇萊曼大帝」。

27. 編按：伊比利斯（Iblis），伊斯蘭教中的魔王，可對應基督教中的撒旦。伊比利斯也常被歸類在精靈裡（以火構成）。

內，花了點時間欣賞他。

當她再度飛入夜空，碰上了一個伊弗利特[28]，他是個名叫達納許的淫猥無信仰者。達納許興奮地告訴她關於一名美麗中國公主的事，對方名叫布朵。當家人威脅公主嫁人，她便發誓要刺死自己。於是家中的老婦們擔心起來，便將她囚禁在房裡。公主還反問：「我的身體連碰到絲綢都受不了，又怎麼能容忍粗糙的男人呢？」

兩名精靈便撲騰著皮革翅膀在天上盤旋，爭論起人類裡面，男人和女人哪種最美。精靈麥穆娜便命令達納許從中國把沉睡的公主抓來，擺在卡瑪拉薩曼王子身旁來比一比。

這件事一小時內就完成了，結果男女精靈嚴詞激辯，也沒能定論出誰才是美的冠軍。於是他們喚來第三個成員：一個龐大的地靈。地靈長著六隻角和三條分叉的尾巴，駝背跛腳；一條手臂十分巨大，另一條則瘦小柔弱；長有利爪與腳蹄，全身還長滿駭人的壯碩肌肉。地靈在床邊跳起勝利之舞，接著宣布想要測試這些完美的人類誰的力量比較強，只須輪流喚醒兩人，看看誰會向對方展現出更強的愛意，而最能引出對方慾望的，就是贏家。

28. 譯注：伊弗利特（afrit），阿拉伯神話的生物，一種精靈，經常被視為惡魔。

比賽就此開始，王子醒了過來，心中充滿慾念與尊敬，並在沒有滿足慾望的狀況下陷入昏睡。公主隨即醒來，她火熱的需求激起了沉睡王子心中的力量，他的慾望再度湧起，接著「該發生的，便發生了」。

後來，王子經歷漫長的搜索，他還喬裝成風水師，就為了找尋他下落不明的愛人；他們也經歷了婚姻與分離，因為有隻老鷹從公主的抽屜中偷走了一只護身符。之後布朵公主還聰明地假扮成丈夫，前去追求另一名公主，再去追求她的丈夫，使她丈夫覺得不合常理等等——但在我繼續解說兩人的分離與瘋狂之前，我想談談卡瑪拉薩曼奪去布朵處女之身時，在場的精靈們。

無形的他們竟對人類的軀體產生了愉悅感；而這場初戀的祕密結合，其實正是由一群古怪的旁觀者一手造成的。這些精靈的角色有如賭馬的紳士、媒人、場面調度的導演、敘事者，以及寢宮裡的貼身侍從。歐漢說，此處的敘事總是讓我感到既困惑又開心，因為故事的視角來自這三個魔法生靈，而主要的發起人是女性，男性則淪為附屬品。這一刻是人類生活中最私密的選擇——失去處子之身。雙方確實都失去了處子身，並共享快樂與幸福，而這個結果起因於這些活在天空、大地與水槽的火焰生物，源自他們的慾望、好奇與好勝心。卡瑪拉薩曼跟布朵，就和華特子爵一樣，為了維持自己的自由與意志力，便排斥異性，將對方視為醜陋噁心又充滿壓迫的人。在最深沉的夢境裡，他們紛紛接受了命運，而這三名怪異又無形的精靈，卻又讓對方的宿命在喜劇與感性之間反覆橫跳。

從敘事的角度看來，那隻有犄角和分叉尾巴、體型比例怪異的地靈，是故事裡最多餘的人物；他是體型最大、最突兀的角色，也最令人印象深刻。在兩名昏睡的俊美男女完美的形體前，地靈歡欣地四處蹦跳。這就彷彿我們的夢境也正在觀察著我們，並且作為一種外界的力量來引導我們的人生；而昏睡中的我們，卻只能被動地娛樂他們。不過，精靈比夢境更為具體，他們除了著迷於年輕王子與公主，自己還擁有各種興趣與玩樂……

士兵們振筆疾書；戴頭巾的女子們依然一動也不動地盯著前方，驕傲地挺直腦袋。吉莉安．佩赫特正開心地聽著歐漢．利法特的演講，他正提到敘事想像中的技術層面，以及故事中，故事中的故事對現實的建構。安卡拉的空氣煙霧瀰漫，廢氣來自棕色煤炭，這使她想起自己在約克郡工業城鎮的童年。硫磺總使她喘不過氣，害她日復一日因氣喘而臥病在床。她閱讀童話故事，看著故事飄過她眼前。當她還小時，一家人曾一起去看《月宮寶盒》[29]。施了咒的馬匹衝過螢幕，精靈也從一小點脹大到猶如一朵大雲填滿整座海岸，這時他們都聞到了硫磺味。當一家人還在電影院時，外頭發生了空襲。螢幕閃動顫抖，電光也干擾了魔術師陰森的目光。公主在花園中的流浪伴隨遠方的小爆炸聲響。他們得依序離開，躲到地下室。她記得這一切，當時她喘著氣，想像著夜空中撲騰的翅膀與火焰。

當時我覺得我會有怎麼樣的人生呢？吉莉安．佩赫特自問。她不再用心聽歐漢．利法特的演說，他正試圖在真實人物寫的虛構作品、虛構人物寫的虛構作品，以及讀者和作者之間界定可信度。

那時我想像出了我要成為哪種女人，應該是在我知道性是什麼之前（她用自己的身體想像著卡瑪拉薩曼與布朵公主共享的浪漫夜），但那時我以為自己會結婚，成為妻子；我會得到頭紗、婚禮、房子與

29. 編按：《月宮寶盒》（*The Thief of Baghdad*），又譯作《巴格達大盜》，是一部一九二四年的美國奇幻冒險電影，故事源於《一千零一夜》，講述一個盜賊愛上了巴格達哈里發之女。

某人——某個如同巴格達小偷般一心一意的人，還有一條狗。我曾想要這些，但不是透過身在安卡拉的敘事學家的想像力；現在的她比過去想得更有趣，也更令人驚奇。她這樣告訴自己，試圖繼續聆聽歐漢・利法特對門檻和頭紗的說法。

隔天，她為自己留了半天時間，前往安納托利亞文明博物館，因為她所有的土耳其朋友都向她保證值回票價。她在那碰到了一名年邁水手。

英國文化協會的座車載她到博物館入口，那是座蓋在山坡上的現代建築，內部沉靜優雅。她很期待在此獨自待上一兩個小時，享受美好的多餘感。先前提到的老人這時從某根柱子或雕像後頭無聲地走出，勾住她的手肘。美國人嗎？他說，她則忿忿不平地回答：不，英國人。自此她不情願地展開對話。我曾和英國士兵在韓國奮戰，他們是好士兵；土耳其人和英國人都是好士兵。他是個沉重結實的禿頭男子，腦袋到肩膀的皮膚有好幾層皺褶，寬闊赤裸的頭頂散發大理石般的光澤。他身穿羊皮夾克，別了枚軍事徽章，還有寫著「嚮導」的自製徽章。他眼窩上方的前額十分低矮——沒有眉毛或睫毛。當他張開寬闊的大嘴，便亮出一口燦白的大型假牙。他對吉莉安．佩赫特說：我能帶妳看所有東西，那些東西我知道妳永遠沒辦法自己發現。他抓住她的手肘，而她也沒說好或不好，逕自走進博物館大廳，那位體格結實的前士兵則蹣跚地跟在後頭。

當她注視一處重建的地底住所，他就開口：看呀，看看第一批人民在那些日子裡是怎麼過活的。他們像動物一樣挖洞，但還是想辦法讓自己過得很舒適。看看這位女神。想想看，有一天，他們發現自己正揉捏手中的黏土，頭顱跟身體就在當中現行。看呀，他們在黏土裡面看見一雙腿與手臂，再到處捏吧擠吧，造就了她。看看她，這個嬌小的胖女人。他們喜歡肥胖，因為那代表力量跟育兒優勢，還能度過嚴冬。那些赤身裸體的人可能很瘦，因為狩獵的艱難他們大多躲在洞裡而挨餓，所以他們塑造出她肥胖的外型。對他們而言，肥胖就是生命。

誰知道他們為何做出第一個小女人，並將她塑造為小偶像，當作獻給女神的微薄祭品，好安撫她。我們不曉得偶像或女神哪個先出現，但現代人**認為**他們崇拜這名肥胖女子。那些人或許認為一切都會從她身上的孔隙出現，如同當他們鑽出地下房屋，看見植物和樹木也在黑暗過後的春天發芽。瞧瞧她，她很老了，足足有八千歲，比你們基督徒計算時間的年代要早了九千年。她只擁有必要的器官：頭顱、手臂、雙腿、可愛的胖肚子，以及用來哺育的乳房；她甚至不需要手腳，看，也沒有臉龐。看看她，人類用手指拿塵土捏出了她，而那些人活在超乎想像的古老歲月裡。

吉莉安．佩赫特望向又小又胖的塑像，以及它們的肚子和乳房。她頓時收緊腹部肌肉。一想到這些古老手指捏出血肉般的黏土，她心臟的肌肉就感受到對死亡的畏懼。

接著老水手帶她走向不同塑像，又開口：後來她變得更加強大，成為了獅子王座上的女神。看到她坐在那裡了嗎？現在她是世界的主宰，坐在王座上，雙手擺在獅首上。看看那裡，孩子的頭正從她雙腿間冒出來。看看那些古人怎麼雕塑出剛出生的寶寶頭顱。

那裡有成排的小型塑像，所有塑像看來都有些相似，卻又微妙地不同。一名身上有數層肥肉的女人坐在低矮的王座上，王座的扶手是兩隻站立的獅子；她的屁股在背後突起，沉重的乳房垂了下來，空蕩的肚皮則寫實地垂在巨大肥碩的雙膝間。她與王座合為一體，象徵血肉的力量。她的雙手就是獅首，光禿的頭顱則如同那名老士兵，肥胖脖頸後方的曲線也和他相仿。

老人充滿懊悔地說：我們現在不喜歡看到胖女孩，我們喜歡讓她們看起來就像從轉角的希臘健身房出來的男孩子。不過呢，看看她，妳就能看出她有多強大，以及人們是怎麼碰觸到她的力量，捏塑出她的乳房，那裡頭充滿了他們盼望的良善能量。

吉莉安．佩赫特沒有看向滿腔熱情的老士兵，她不想同意他的旁白。她的表層意識都在做令人難堪的評估，思考著自己有多少土耳其貨幣在身上，那些錢換成英鎊有多少，以及如果自己甩不掉嚮導的話，在說完故事後他又會要求多少錢？

他們繼續前進，一人走在另一人身後。她從未轉頭或注視他的目光，他也從未停止在她耳邊說話。他在她滿懷學識的腦袋後發言，跑到不同的玻璃櫃旁，輕巧而安靜地移動自己的身體，彷彿腳上套了毛氈。櫃中的展示品從女性塑像變成了金屬雄鹿和日晷，而她身後的人則說起國王和大軍的故事、犧牲和屠殺，還有新娘犧牲品和太陽祭品。

她感到自己如同對方的盟友，因為他是她見過最健談的人。她完全不懂西臺人、美索不達米亞人、巴比倫人或蘇美人，也不怎麼理解埃及人和羅馬人。但士兵懂，他從鴨型雙嘴酒壺、銀鑲綠松石項鍊講述了一整場婚禮，再由有幾世紀歷史的阿拉伯眼線瓶提到一名望著銅鏡的緊張新娘。他低聲提到她的黑髮大眼，她穩住梳子的手，她的女侍，以及她的百褶亞麻洋裝。

他還談到不同世紀與不同的展示櫃，關於英國跟土耳其士兵共同在韓國山丘上奮戰的效率。吉莉安想起她丈夫曾說過，土耳其人對偷竊與逃兵的懲罰非常駭人，因此他們沒有遭遇過這兩種狀況。她也想到歐漢曾說：「想到土耳其人，人們總會想到屠殺[30]與好色行為，這點很令人難過。我們的性格其實很複雜，有多種面向，包括一種狠勁，還有一種樂於經營好生活的態度。」

當他們接近導覽盡頭，老嚮導說：對安納托力亞的人民來說，沙漠之獅代表死亡。這趟旅程起始於地底的居民，接著一步步經過打造出金黃色金字神塔[31]的文明，來到亞述帝國的尼尼微獅門。那位老女

30. 編按：應指「亞美尼亞大屠殺」，土耳其政府於一九一五年至一九一七年間，對境內亞美尼亞人進行的種族屠殺，受害者達一百五十萬人。土耳其政府至今拒絕承認這是一起官方發起的有預謀屠殺。

31. 編按：金字形神塔（ziggurat），金字形神塔的建造者包括蘇美人、巴比倫人、埃蘭人、阿卡德人和亞述人，是祭奠神祇的神廟，主要分布於兩河流域（美索不達米亞）。

神正坐在雄獅王座上，獅子則是她的力量之一——她是大地，也是獅子。之後的國王與戰士馴服了獅子，並接收了牠們的力量，還穿上牠們的皮毛，並做出牠們的雕像以守衛城門，對抗荒野。這些正是波斯獅，名叫亞斯藍，牠們分別代表力量與死亡。你可以穿越那道獅像大門，進入亡者的世界，如同吉爾伽美什在找尋他死去的朋友恩奇杜[32]時所做的一樣。當兩人一同穿越獅門，老人便問女人：妳知道吉爾伽美什的故事嗎？

她總是走在前方，眼神也不斷閃躲。博物館安排了不同的真實雕刻牆面與大門，通往想像中的通道與廣場，如同冷光中的玻璃鏡迷宮。下午就快結束，他們是博物館裡僅剩的兩人。或許是出於對館內靜謐氛圍的敬畏，老士兵也壓低聲音。玻璃櫃在陰影中閃爍光澤。

他一時興奮地說：妳瞧，如果妳看得懂的話，就知道這塊石頭上刻了吉爾伽美什的故事。這個是穿著獸皮的英雄，這裡則是他拿著棍棒的野人朋友——這裡是他們會面的狀況，這裡是他們在王宮門檻上打架然後結為朋友的場景。妳知道恩奇杜嗎？他高大又全身是毛，和野獸住在森林和原野裡，幫動物逃離獵人設的陷阱。獵人要國王吉爾

32. 編按：吉爾伽美什（Gilgamesh）與恩奇杜（Enkidu），出自已知最早的史詩《吉爾伽美什史詩》，故事圍繞在烏魯克半人半神的國王吉爾伽美什和他的朋友恩奇杜。此處應指故事尾聲，吉爾伽美什通過了生死通道，得以與恩奇杜對話，恩奇杜則向他描述了死後世界的陰暗悲慘。

33. 編按：胡姆巴巴（Humbaba），美索不達米亞神話中，由遠古時代太陽神烏圖養育的可怕巨型樹怪，負責守護神明居住的雪松之林。《吉爾伽美什史詩》對胡姆巴巴的描述為：「遍體覆蓋鱗片，手為獅掌，腳是鷹爪，頭上長著一對野牛角，尾巴和陰莖末端各是一隻蛇頭。」

34. 編按：希栢利（Cybele），弗里吉亞（今天土耳其中西部）信仰的地母神，如同希臘神話中的大地之母

伽美什送上女人，結果國王送來一名妓女。她誘惑恩奇杜離開羚羊與牧群的世界，前來尋找國王。國王與他打了一架，然後愛上了他。他們難分難捨，還一起殺死了巨大的胡姆巴巴[33]；兩人在森林裡欺騙胡姆巴巴，最後殺害了牠。

他們年輕力壯，沒有什麼辦不到的事，但吉爾伽美什的青春與力量，引起了女神伊絲塔的注意——她是愛之女神，也是戰神。小姐，她就跟妳認識的女神一樣，像是希栢利[34]和阿斯塔蒂[35]；由羅馬人帶來的黛安娜也是相同的女神，駭人而美麗。廟妓[36]齊齊圍繞住伊絲塔的神殿，她們是聖女，誰也無法拒絕她們的慾望。伊絲塔想和吉爾伽美什結婚，但他拒絕了；他認為伊絲塔會欺騙自己，然後摧毀他。他也犯了錯，居然把這念頭告訴女神，跟她說自己不想要她，想維持自由之身——吉爾伽美什說，因為她摧毀了塔模斯[37]，讓女人們悲痛哀嚎；過去還把牧羊人化為野狼，把拒絕她的情人變成盲目的地鼠。她甚至摧毀過坑裡的獅子和戰場上的馬匹，儘管她熱愛這些凶悍的動物。

吉爾伽美什的拒絕惹毛了伊絲塔，她從天界派了隻大公牛來摧毀王國，結果兩名英雄殺了那頭牛。看看這塊石頭，他們把劍插進牠的

蓋亞。

35. 編按：阿斯塔蒂（Astarte），伊絲塔（Ishtar）的希臘名，因此被認為是相同的女神。

36. 編按：廟妓，指在廟宇裡生活，為朝拜者提供性服務的人。廟妓的歷史悠久，在古代印度、以色列、安納托利亞皆有，尤其是阿斯塔蒂的神廟。

37. 編按：塔模斯（Tammuz），伊絲塔之子，古巴比倫的穀神。

角後方。恩奇杜扯下公牛的大腿，把肉塊丟向伊絲塔的臉。她則呼喚廟妓來為公牛哭泣，並決定處死恩奇杜。看看這裡，生病的他躺在床上，夢到自己的死期。妳知道，年輕人並不真的了解死亡，他們以為死亡就像獅子或公牛，有辦法與之搏鬥並征服。但身為病人的恩奇杜已清楚死亡的真相，他夢到死亡的到來：那是個長著食屍鬼臉孔的鳥人，身上有利爪和羽毛。這種令人作噁的死亡影像，源自禿鷹。恩奇杜夢到這個死神扼殺了他，把他也化為鳥人，他即將前往地府諸神的神殿。在恩奇杜的夢裡，那裡光芒殞落，沒有快樂，人們只能吃塵埃跟黏土。底下也有位女神，她就在那裡——地府女王埃列什基伽勒。

吉爾伽美什跟恩奇杜都因這場夢而哭泣，這場夢讓兩人畏懼不已，奪走了他們所有的力量，接著恩奇杜便在劇痛中死去。吉爾伽美什無法釋懷，他不能接受朋友死去、再也不會回來了。他仍年輕氣盛，不願接受世上有死亡這種事。年輕人總是這樣，妳懂的，這是實話——他們覺得自己能抵擋所有風雨，因為他們熱血又強健。

吉爾伽美什想起他的祖先烏特納匹什提姆[38]，當世界遭到洪水淹沒時，他是唯一倖存下來的人；據說他活在地府裡，握有永生的祕

38. 編按：烏特納匹什提姆（Utnapishtim），在大洪水傳說中倖存下來的英雄，擁有不死之身。其名稱的意思為「他建立了生命」。

密。為了獲得永生，擺脫死亡的宿命，吉爾伽美什一路旅行，抵達名叫瑪舒的高山，高山的入口處有兩隻人面蠍尾獸；妳知道的，類似龍的惡魔。我們可以假裝這個入口就是地府之門——蘇美人和巴比倫人，都會為自己的房屋建造堅固的大門，再把守衛雕在門上。妳看，這裡有獅子，這道門上還有精靈。妳說精靈嗎？對，精靈。巴比倫有好精靈和壞精靈，他們被稱作**烏土庫**[39]，也有好有壞。好的像是這些守衛，牠們是長有翅膀和睿智人臉的公牛，名叫舍杜或拉瑪蘇。牠們在這裡擔任守衛，還能化成其他型態，可以隱形，上街走在人們的身後。據說每個人都有自己的精靈，他們也會保護人。有句俗話說：「沒有精靈的人，走在街上時頭痛便如影隨形。」妳不覺得很有趣嗎？

吉莉安．佩赫特點點頭。她已經頭痛了——自從她見到葛莉賽達食屍鬼後，便開始偏頭痛，還不時伴隨著刺痛感，彷彿有個隱形匕首或冰鑽抵著她。大門、雕有敘事內容的浮雕與石板間的空地，所有東西都散發著某種灰色微光。老士兵的言行變得越來越生動，還開始演出吉爾伽美什抵達瑪舒山入口的情景。他幾乎像隻熊般跳動，時而前進時而後退，再抬頭看看上空，從大廳輕快地跳到門柱間；他一邊把

39. 編按：烏土庫（utukku／udug），古巴比倫神話中的一種精靈。傳說人死後沒有進行葬禮，死人的靈魂就會變成烏土庫，向活人復仇，必須重新進行葬禮來安撫。其形象一般是半人半獸。

手指舉到光禿禿的頭頂當作犄角，一邊模仿人面蠍尾獸的回應。（老士兵補充：這些是**好的**精靈，小姐。人面蠍尾獸可能是危險的生物，但像**埃提姆**或**阿拉魯**更糟，他們來自地府而且會帶來瘟疫，是從女神的膽汁裡跳出來的。妳得想像可怕的人面蠍尾獸，而不是這些有翅膀的公牛。）

兩隻人面蠍尾獸說：你為何前來？吉爾伽美什回答：「為了我的朋友恩奇杜，也為了見與諸神同住的先祖烏特納匹什提姆。」怪獸說：「從沒有自女體誕生的男人進過山中，此地深邃無比。裡頭沒有光芒，黑暗也將壓抑你的內心。」吉爾伽美什先是逃了出去，又再度堅決地入內。

吉莉安心想：他就是我讀過的土耳其吟遊詩人的後裔。他們都穿同款皮衣，頭戴皮帽，拿著專門的棍棒或佩劍。吟遊詩人揮舞的棍棒在咖啡廳牆面與市集廣場上製造出陰影，而老士兵的影子則在**烏土庫**雕像之間來回往復。他是在黑暗中被殲滅的吉爾伽美什，接著又走入光芒下，成為酒館女主人西杜里[40]，在海風拂面的海邊花園張羅金碗與金缸。接著他又成為船夫烏沙那畢[41]，遭到來自另一個世界、身穿

40. 譯注：西杜里（Siduri），《吉爾伽美什史詩》中的智慧女神，與酒精有關。
41. 編按：烏沙那畢（Urshanabi），《吉爾伽美什史詩》中船夫，他的船可以穿越死亡之河。吉爾伽美什需要烏沙那畢的幫助才能抵達烏特納匹什提姆所在之地。

皮草、食用血肉的生物攻擊。吉莉安．佩赫特忽然想到卡拉格茲與哈西瓦特，他們倆是土耳其皮影戲中的喜劇英雄角色，對抗來自地府的惡魔與肥胖的資本家。歐漢．利法特是名高明的操偶師，他有個皮箱裡裝滿了小人偶。只要他把布幕架起，靠在白牆上，人偶就變得活靈活現。

「終於找到烏特納匹什提姆。」老水手說，他忽然在一座石獅上坐下，注視吉莉安．佩赫特，「烏特納匹什提姆告訴吉爾伽美什，有株植物，一種花，生長在水裡，那朵花的尖刺會刺傷他的手，但如果他能摘下花朵，就能獲得永生。於是吉爾伽美什在腳上綁了沉重的石頭，沉入深水裡，在海底行走。他找到那株植物，植物也刺傷了他，但他一把攫住植物，將它拉到陽光下。吉爾伽美什與船夫烏沙那畢再度出發，想把花帶給他城市烏魯克裡的老人，讓他們重返青春。

老水手在古老的紀念碑之間亂竄，提到兩人的旅行，老水手彷彿來到一處冷水井。他泡在裡頭，表情神清氣爽，但水池深處有條蛇察覺到花的甜美芬芳。於是蛇從水中升起，一口吞下花朵。接著蛇在水裡蛻了皮，復又潛入水中，從視野中消失。吉爾伽美什坐下啼哭，淚水從他臉上流下。他對船夫烏沙那畢說：『難道我就是為了這種結局而努力嗎？我費盡心力，就是為了得到這種結果？我什麼都沒爭取到，我沒了那朵花，某隻土裡爬出來的動物把它搶走了。我獲得一絲希望，現在又失去了。』」

老人沉重的光頭轉向吉莉安・佩赫特，沒有睫毛的眼瞼緩緩蓋住眼珠，有如精疲力竭的吉爾伽美什。他粗厚的雙手摸索著羊毛邊夾克，彷彿吉爾伽美什正找尋自己失去的東西。吉莉安內心想到空蛇皮，薄紙般的模糊蛇形物體漂浮在井口邊緣，那隻肌肉結實的蛇已活力充沛地消失不見。

「這是什麼意思，小姐？」老人問，「這代表吉爾伽美什得死——他曾以為自己能忍受荊棘，抓住花朵，得到永生。蛇只是剛好取走那朵花，並非蓄意傷害他，因為牠喜歡花的芬芳。一時獲得卻永遠失去，實在令人難過，這是個悲傷的故事。在大多故事裡，我想，當你找到目標後，通常在奮鬥後就能把它帶回去；但在這個故事裡，那隻動物恰好在主角努力過後把希望奪走。他們是一群悲傷的人，小姐，非常悲傷。死亡籠罩著他們。」

當兩人走到陽光下，她把身上的土耳其貨幣都給了他。他看了一下，數了數後便把錢放進口袋。他光滑頭頂的皺紋在思考時皺了起來，她看不出對方是覺得太少還是太多。英國文化協會的司機在車子旁等她，她走過去，而當她轉身想對水手道別時，老人已經不見了。

土耳其人很會開派對。伊茲密爾的派對由歐漢的朋友們舉辦，他們是學者、作家、記者和學生。「士麥那[42]。」當他們開車進城，歐漢說。而當一行人走在瀰漫糞便臭味的碼頭上，眾人便捏住鼻子。「商人的士麥那。」他們抬頭仰望圓錐形山丘上的寂靜城鎮，「我們一般認為荷馬出生在士麥那，大多人都相信這應該是他出生的地方。」

時值春季，空氣清爽，年初的陽光灑落下來。他們在小餐廳吃了包餡甜椒和葡萄葉，還有烤肉串和煙燻茄子。一行人四處遊覽，在小港灣旁的戶外桌邊吃烤魚，眺望看似恆常不變的漁船，船名來自星辰與明月。他們向彼此述說故事。蓄著鬍鬚的歐漢提到他跟校方間悲喜交加的纏鬥，對方要他在教課前先剃鬍子。在現代土耳其，鬍子是宗

42. 編按：士麥那（Smyrna），伊茲密爾的前身，位於愛琴海濱，當時是古希臘的中心與戰略要地。

教或馬克思主義的象徵，兩者都不為人所接受。歐漢說，他暫時刮掉了鬍鬚，但現在鬍子又如同青草般長了出來，還變得更加茂密。接著話題轉向詩人與政治：哈利卡那索斯[43]的流亡者，偉大的納欣・希克美[44]遭到囚禁。歐漢念起希克美的詩〈泣柳〉，在紅衣騎兵隆隆的馬蹄聲中，一名騎士倒地，而騎兵已消失在疾馳的煙塵裡。萊拉・賽林則朗誦了法魯克・納費茲・卡姆利貝爾[45]的〈格克蘇河〉，其中也有株泣柳。

無論我的心在格克蘇河何處遊蕩
夢中的花園總會落進森林。
黃昏的玫瑰宛如遙遠的面紗
幽深的柳枝則如斗篷與兜帽。

過往歲月的鶇鳥與戴勝，
在黑暗中講述牠們古老的歌謠，
倒映景色的碧藍水面聽到歌聲並顯現
乘六錨帆船離開的奈迪姆……

43. 編按：哈利卡那索斯（Halicarnassus），博德魯姆（Bodrum）的前身，位於土耳其西南部的半島上。此處應指納欣・希克美的代表詩作〈哈利卡那索斯之歌〉（*Halicarnassus' Song*），描述他對於故鄉的情感與回憶。

44. 編按：納欣・希克美（Nâzim Hikmet，一九〇二—一九六三），土耳其左派詩人、劇作家、小說家，回憶錄作家。其抒情詩最富盛名，被稱為「浪漫共產主義者」、「浪漫文藝復興人」。他因欣賞蘇聯社會主義制度，多次遭土耳其當局逮捕。

45. 編按：法魯克・納費茲・卡姆利貝爾（Faruk Nafiz Çamlibel，一八九八—一九七三），土耳其詩人、劇作家，二十世紀土耳其文學的重要代表人物之一。詩作以抒情詩為主，也有不少作品反映社會時事與歷史。

接下來，吉莉安講述她在安納托力亞博物館碰上老兵的事。

「也許他是個精靈。」歐漢說，「精靈在土耳其語的拼法是CIN，如果妳碰到化為人形的精靈，也能看得出來，因為他赤裸、沒有毛。他們能化身成許多型態，但人形沒有毛髮。」

「他穿皮外套，」吉莉安說，「但他沒有頭髮。他的皮膚像象牙一樣，是淡黃色的，光澤類似蜂蠟，全身確實都沒有毛。」

「那肯定是精靈。」歐漢說。

「這樣的話，」年輕的阿提拉開口；他的講題是〈後宮裡的巴耶塞特[46]〉。「你怎麼解釋示巴女王[47]？」

「我該怎麼解釋她？」歐漢反問。

「這個嘛，」阿提拉說明，「在伊斯蘭教傳說裡，所羅門從麥加去示巴見這位女王，據說對方的雙腿像驢子一樣長滿毛髮，因為她是精靈的女兒，於是所羅門要她嫁給自己。而為了取悅所羅門，女王利用各種軟膏跟藥草來讓她的腿變得和嬰兒的肌膚一樣光滑……」

代表作有〈垂柳〉。不過接下來提及的詩作〈格克蘇河〉應出自另一位土耳其詩人艾哈邁德．哈姆迪．坦皮納爾（Ahmet Hamdi Tanpınar），此處應為誤植。

46. 編按：《巴耶塞特》（*Bajazet*），歌劇作品，由韋瓦第於一七三五年創作，故事奠基於歷史上鄂圖曼蘇丹巴耶塞特一世與帖木兒大帝之間的衝突，但改編成內部的愛情和權力鬥爭。

47. 編按：示巴女王（Queen of Sheba），《舊約聖經》、《古蘭經》中皆有記載，然而細節稍有不同。示巴女王統治非洲東部的示巴王國，因仰慕當時以色列國王所羅門的才華與智慧，不惜紆尊降貴，前往以色列向所羅門提親。而在《古蘭經》中，則是所羅門王先邀請女王來到他的宮殿。

「**不同時代，有不同風俗。**」萊拉・杜陸克用拉丁文說，「你沒辦法困住精靈。至於佩赫特博士遇到的精靈，他似乎有點像卡瑪拉薩曼故事裡的地靈，你們不覺得嗎？」

一行人也去以弗所[48]遊玩，這是座部分屬於亡者的白色城市。你可以踏上聖保羅必定走過的大理石街道，高柱與門廊、優雅的圖書館空殼、神殿與女像柱在春陽下顯得昂然挺立。當他們經過神殿前方，年輕的阿提拉皺起眉頭，說這些東西使他顫抖。吉莉安覺得他可能想到了國家的滅亡，但結果他想到的東西更為原始與即時：地震。他解釋完，吉莉安也擔憂地望向破損的石塊。

博物館中有兩座以弗所的阿提米絲雕像，供奉該女神的阿提米絲神殿是古代的世界七大奇蹟之一，在十九世紀由頑強又卓越的英格蘭工程師約翰・圖爾特・伍德重新發現。阿提米絲神像巨大且樸素。如同地母神希栢利般頭戴尖冠，阿提米絲的頭上頂著一座神殿，神殿拱門下，一尊人面獅身獸展開雙翼坐鎮於此。她的身體是座向上攀升的柱子，觀者可以從她的體態中看出腰身。她將原野上的野獸、樹

48. 編按：以弗所（Ephesus），又譯作艾菲索斯，土耳其著名旅遊景點，主要歷史遺址有「塞爾蘇斯圖書館」（古羅馬）、阿提米絲神殿（世界七大奇蹟之一）。

林與天空當作裙子般穿在身上，而所有圖樣都以四方形劃分開，三三兩兩地排列在石雕繩索之間：公牛、公羊、羚羊、有翅膀的公牛、長有女性乳房和獅頭的飛行獅身獸。上頭還有具宗教風格、龐大的蜜蜂石雕；蜜蜂是她的標誌，也是以弗所的標誌。所有精雕細琢皆在同一塊岩石上：女神身覆花果圈，獅子蹲踞在她的臂彎（她的雙手都不見了），頭後方的頭飾或面紗則排列著有翅膀的公牛，如同安卡拉博物館裡大門文物上雕刻的精靈。女神身前還有三排乳房，七個或八個一排，如同長出椰棗的棗椰樹，象徵繁殖力。

另一尊比較小的阿提米絲則是站在磚牆前，她微笑的臉龐比較不像埃及風格，反而更偏東方氣質。土耳其人將這尊稱為「古札阿提米絲」，法國人則稱她為「美人阿提米絲」。這尊女神像也將土地與空氣做的乳房如同衣著般穿戴著；身上也有公牛、羚羊、有翅膀的公牛、人面獅身獸，獅子則蹲踞在成排的乳房陰影下。她的頭飾也以有翅膀的公牛組成，但不見神殿頭冠。她雙腳併攏，腳上蓋著的裙襬有如爬蟲類皺起來的皮膚，又像蝦尾或蛇尾；腳的兩旁擺著蜂巢。女神的眼皮厚實，雙眼圓睜，簡直像她正從石頭裡往外看一樣。

眾人觀賞著女神，歐漢向她鞠躬。萊拉・杜陸克和萊拉・賽林向吉莉安・佩赫特解釋女神的教派，以及如何證明她是比希臘的阿提米絲或羅馬的黛安娜更古老的女神。她是尊亞洲的大地女神。一如希栢利、阿斯塔蒂和伊絲塔，她的神殿由處女和廟妓服侍，而這些女神的身上都融合了富饒生活與凶狠屠殺這兩種極端。女神的男祭司則會在狂熱的奉獻中閹割自己，就像瀕死的神明，如塔模斯[49]、阿提斯[50]和阿多尼斯[51]，祂們的血染紅河流，一路流向大海。萊拉・賽林說，女人們為這些瀕死的神明哭泣，據傳英國文學評論家柯勒律治得知後，便想出了他的絕妙詩句：「女人為她的惡魔情人哀嚎。」

提到祭司，萊拉・杜陸克補充，以前有名祭司叫作梅卡拜瑟斯——那是個波斯詞彙，意思是「神賜自由」；他可能是名來自國外的閹人。還有三名女祭司：處女祭司，學徒，未來女祭司，另外還有一名老女祭司負責教導年輕學徒。女祭司們被稱為梅莉賽，意思是蜜蜂；祭司則被稱為體操表演家，因為他們總踮著腳尖。也有祭司被稱作艾賽尼，這又是另一個非希臘文詞彙，艾賽代表蜂王——希臘人不曉得蜂王是女王，但我們現在知道了……

49. 編按：塔模斯（Tammuz），在耶穌誕生前的西方神話人物，為太陽神，十二月二十五日出生。傳說塔模斯死後，祂的血染紅了黎巴嫩的阿爾尼斯河水。而每年在祂的生日和忌日，祂都會復活並大吃大喝、荒淫無度來慶祝。到了晚上祂將自己再次刺死，而祂的血會將阿爾尼斯河水再次染紅。

50. 編按：阿提斯（Attis），古代小亞細亞神話中農業和生育之神，大地母神希栢利的祭司。傳說阿提斯因愛而瘋狂，最終自我閹割並死去。希栢利因他的死亡而悲痛，最終使他復活，象徵著植物每年的枯榮和重生。

51. 編按：阿多尼斯（Adonis），古希臘羅馬神話人物。因其英俊貌美，阿芙蘿黛蒂愛上了阿多尼斯，並將他藏起來交給冥后保

「她的乳房太嚇人了，」吉莉安．佩赫特說，「就像梅杜莎的蛇，長得太多了，但多到很有秩序。」

「有些人說那不是乳房，而是蛋，」阿提拉說，「重生的象徵。」

「它們一**定**是乳房。」吉莉安．佩赫特說，「當你看這個塑像，一定會把這些形狀視為乳房。」

「有些人說，」萊拉．杜陸克微笑著說，「那些是獻給女神的祭品牛睪丸，掛在她脖子上以表敬意，而那些閹割祭司的器官也曾掛在上面。」

它們飽滿又堅硬。

「那是隱喻。」歐漢說，「同時象徵許多事物，如同人面獅身獸和有翅膀的公牛也同時代表不少東西。」

「看來妳很仰慕我們的女神。」萊拉．杜陸克說。

吉莉安心想：她不屬於妳。你們是後來者，而她更為古老強大。接著她又想：但比起我，她更屬於你們。古札阿提米絲——也就是美人阿提米絲——身後的磚牆掛著塑膠藤蔓，在陽光下褪成了淡奶油色。

兩位萊拉和吉莉安．佩赫特站在古札阿提米絲面前，一人各勾住

管；結果冥后也愛上阿多尼斯，拒絕歸還。最終，宙斯裁決阿多尼斯每年一部分時間與阿芙蘿黛蒂在一起，另一部分時間與冥后在一起，象徵季節的交替。死亡時阿多尼斯的血滴在地上，變成了風信子花。

她一隻手臂，一面笑出聲來。

「現在呢，佩赫特博士，」萊拉．奧斯曼說，「妳得許個願。在這裡，如果妳站在兩個同名的人之間許願，願望就會成真。」

萊拉．杜陸克高大豐滿，萊拉．賽林則嬌小得如同飛鳥。兩人都有漆黑大眼和漂亮的肌膚。她們讓吉莉安．佩赫特自覺像個浮腫笨拙的盎格魯薩克遜人，她已習慣去忽視這種感覺。

她笑著說：「我當敘事學家久了，知道許願沒有好處，願望總會被扭曲，好符合別的目的。」

「只有愚蠢的願望會那樣，」萊拉．賽林說，「只有不願思考的愚人會遭遇那種狀況。」

「像是拯救了神奇飛鳥的農夫，鳥兒給他三個願望，他說希望在鍋裡得到一串香腸。香腸立刻出現，他妻子卻說這是個蠢笨的願望。他明明可以取得全世界，卻只換了串香腸。農夫對她勃然大怒，希望香腸黏在她鼻子上；香腸立刻附著上去。如今已經花了兩個願望，他必須用第三個願望讓香腸落下。」

那一瞬間，這名虛構的北歐農民妻子便在想像中出現，來到成排乳房的女神面前，臉上還掛了一串香腸。每個人都放聲大笑。歐漢說：許願吧，吉莉安。妳夠聰明，不會許下愚蠢的願望。

「在英格蘭，」吉莉安說，「當我們許願時，當我們切生日蛋糕的時候，我們會大聲尖叫，我想是怕看到刀子吧。」

「妳想的話，也可以尖叫。」萊拉．賽林說。

「我不在英格蘭，」吉莉安．佩赫特說，「今天也不是我生日，所以我不會尖叫。我要專心當個聰明人，像歐漢說得一樣。」

她閉上眼專心許願，如往常般看見眼瞼內的紅光，聽到耳中血液鼓動的微弱聲響。她許了個精確的願，想在敘事學家的秋季多倫多會議上做重點演說，還希望能搭飛機頭等艙、住有游泳池的旅館。有點像個許願包，她彷彿對自己眼中和耳內鼓動的血液解釋。睜開眼，她對眼前微笑的阿提米絲搖搖頭。每個人都笑出聲來。一行人說：妳看起來好嚴肅啊。眾人捏捏她的雙臂後才放手，並哈哈大笑。

他們跨越以弗所的新舊城區，來到劇院。歐漢站在毀損的舞台上，用土耳其語說了某種咒語般的話，隨後向吉莉安解釋，這是劇作

《酒神的女信徒》中，酒神戴歐尼修斯說的第一段話[52]，他微笑著說出這段駭人言論。接著，歐漢一隻手臂環過肩膀，彷彿套上斗篷；原先滿臉微笑、充滿東方氣質的他，現在變得高大並踏出僵硬的步伐。「聽好了，吉莉安，」他說：

「我願講述故事，最輕盈的文字
也能折磨你的靈魂，凍結你年輕的血液，
讓你的雙眼化為星辰，它們在眼窩中圓睜，
你糾結的髮絲隨之分離。
每根毛髮隨之豎起，
如同受驚的豪豬身上的鬃毛。
但血肉之耳
無法聽聞這股永恆敘述。」[53]

「願天使與神父捍衛我們。」吉莉安笑著說，她想起站在英國學生舞台上的年輕歐漢，也想到征服者穆罕默德，形象如同藝術家貝利尼

52. 編按：酒神的開場白相當著名，從「看哪，神的兒子降臨這片土地」起頭，描述戴歐尼修斯既是神又是人的雙重身分，來到底比斯要為母親報仇。

53. 編按：出自莎士比亞《哈姆雷特》。

的想像，對方口若懸河，性格謹慎而危險。

「當年，」歐漢說，「我很不錯。這是莎士比亞的橋段，他自己演出了幽靈[54]。你知道這件事嗎，阿提拉？當你說出這些話的時候，你說的就是莎士比亞曾經說過的話語。」

「不是在這座舞台上發生的。」阿提拉說。

「現在，」歐漢說，「正在發生。」

天使讓吉莉安想起聖保羅，天使打開了位於以弗所的聖保羅牢房。她坐在主日學教室裡，聽著蒼蠅在祭衣室骯髒的窗戶上嗡嗡作響。她討厭聖保羅和其他使徒的故事，因為這些故事是真的——別人總講得跟真的一樣。而這似乎阻止了她的想像力，可能是因為如果有人要求她相信這些故事，她就想不相信了。她可以想像自己是哈姆雷特、他父親或莎士比亞；她見過米爾頓的蛇[55]和巴格達盜賊的神奇飛馬[56]，但聖保羅的天使們反倒讓她懷疑祂們的虛實，因為有人告訴她，祂們就是**屬實**才特別。

聖保羅來到以弗所，告訴當地人阿提米絲不是真的；她是人類打造出的神明，因此並不真實。她慢慢地明白，聖保羅曾站在這裡，

54. 編按：根據歷史記載，莎士比亞不僅是名劇作家，還是名優秀的演員。其中《哈姆雷特》中的鬼魂正是莎翁演出過的著名角色。

55. 編按：應指約翰．米爾頓《失樂園》中撒旦化成的蛇。

56. 編按：應指《一千零一夜》。

就在此地，在這座劇院裡。這個真實的人，這個捎來消息的守舊入侵者，曾站在她現在站立的位置。這實在難以置信，因為對她而言，比起戴歐尼修斯、阿基里斯與普里阿摩斯[57]，聖保羅總顯得平板無奇。但他曾抱持對人造神明的怒氣，來到此地。他改變了世界。

過去聖保羅曾是名迫害者，在前往大馬士革的道路上因一道光芒而失明[58]（在那一瞬間，他並不平板，他已遭到光芒吞沒），並重新出發為新神傳道——在他還是普通人時，他並不臣服那位神，甚至根本不認識祂。接著他在以弗所造成了「不小的騷動」。他的傳道讓銀匠德米特里大感憤怒，這人專為女神打造銀製神龕。德米特里刺激以弗所人民對抗這名聖人，他宣稱「沒有不是以人手打造出的神明」，並告訴他們，這名異國傳道者不只會瓦解他們的記憶，「偉大女神黛安娜的神殿也將遭受輕視，全亞洲與全世界都崇拜的女神，將遭到摧毀。」

「眾人聽到這些話，便滿懷怒火，大喊：『偉哉，以弗所人的黛安娜。』整座城市陷入混亂。眾人逮到保羅來自馬其頓的旅伴蓋烏斯和阿里斯塔克斯後，便一同衝入劇院。

整整兩個小時，他們持續大喊：『偉哉，以弗所人的黛安娜。』」

57. 編按：普里阿摩斯（Priam），希臘神話人物，特洛伊戰爭中任特洛伊王。

58. 編按：掃羅（聖保羅的舊名）曾是名狂熱猶太教徒，要前往大馬士革逮捕基督徒。路上，突然有一道光從天上照在他身上。他跌倒在地，便聽見一個聲音對他說：「掃羅，掃羅，為什麼逼迫我？」掃羅問：「主啊，你是誰？」聲音回答：「我就是你所逼迫的耶穌。起來，進城去，你所當做的事，必有人告訴你。」隨後掃羅發現自己失明，後來再因耶穌的旨意明目，最後受洗皈依基督教。

這場騷動後來被鎮務官平息，保羅便離開以弗所市，前往馬其頓。商業與女神的力量擊敗了這名怒氣沖沖的使徒。

「妳知道，」萊拉．杜陸克說，「妳的聖母瑪麗亞在此離世。雖然我們不能完全確定，就像沒人能確定荷馬出生在伊茲密爾，但據說是這樣沒錯。她的房子會被發現，是因為某個十九世紀的生病德國婦人。她在幻覺裡看到那棟房子跟山丘。而當人們前去調查就發現了屋子，至少大家是這樣說的。我們把那裡稱為潘納亞卡普盧，那裡還有座基督教教堂。據說她和約翰一同來此，並在此過世。」

有次在伊斯坦堡的某家夜店，沒來由地，吉莉安發現一座真人大小的教堂聖母像。她表情空洞，身上染上甜美的粉紅與藍色，矗立在裝飾品之中，充當衣帽架和蠢服務生。她簡直像看到千手印度神明或維納斯石膏像出現在西方夜店裡一樣。忽然間，她看到一個驚慌的老婦，她子宮萎縮，眼窩空蕩。她的兒子在她面前遭到殘忍殺害，被拖過以弗所的大街，靜靜地等候死亡到來。之後，這個死去的老婦有部分便成為了母神女王敘利亞迪亞[59]。她忽然意識到自己每一寸鬆弛瀕死的皮膚。她想到女神的石眼，她危險的尊榮氣質，涵義矛盾的豐滿乳房；死去的球體，完好的蛋，全都包裹在她身邊，也明白現實—非現實並不重要。女神依然待在原地，永遠都會如此，在可預見的未來也會更有活力，更顯活躍，比她自己，吉莉安・佩赫特更為強大。女神會站在她孩子面前，和歐漢的孩子，還有他們孩子的後代前露出微笑，而他們那時已成了散亂的原子。

當她想到這點，並意識到自己正站在一群微笑的朋友之間，身處以弗所的劇場中央，她再度體驗到與耐心葛莉賽達的幻象一同出現的古怪人生停滯感。她向歐漢伸出一隻手，身體便無法移動。她似乎處在嗡鳴的龐大烏雲裡，上頭閃著火光；她能嗅到花香，也能聽到血管中流動的嗡鳴，但她連一根肌肉都動不了。過了一陣子，她喉中湧出某種濕潤的啜泣聲。歐漢看出了她的狀態，把手臂環在她肩上，穩住她的身子直到她回過神來。

在返回伊斯坦堡的飛機上，歐漢對吉莉安說：

59. 編按：敘利亞迪亞（Syria Dea），通常指阿塔伽提斯（Atargatis），古代敘利亞和其他近東地區愛、繁殖、肥沃以及水的女神。阿塔伽提斯通常被描繪為一位美麗的女子，有時是半人半魚的形象，類似於美人魚，暗示她與水的深厚聯繫。

「抱歉，但妳還好嗎？」

「從沒這麼好過。」吉莉安說。以很多層面來說都沒錯，但她清楚自己得回答他，「這是真的，我比之前感覺更有活力了。但最近我覺得自己的宿命——或說是自己的死期，正等待著我，還不時化為實體提醒我它就在附近。這不是戰鬥，我不會趕走它。它會突擊一兩次，然後再放手撤退。我越感覺到有活力，它就會越突然地出現。」

「妳要不要看個醫生？」

「我什麼時候感覺這麼**好**過，歐漢？」

「看到妳過得好，讓我很開心。」歐漢說。飛機在伊斯坦堡降落，乘客也開心地鼓起掌來，或許是為了飛行員的技術而鼓掌，也或許是為了躲過一場宿命而鼓掌。

在伊斯坦堡，快樂的人夫歐漢．利法特回到他的家人身邊，吉莉安．佩赫特則在佩里佩拉斯飯店中多住了幾天。那不是知名的佩拉宮酒店，那家酒店位在金角灣對面的歐洲城市。佩里佩拉斯是間新飯店，是吉莉安最喜歡的類型，裡頭有堅硬的大床、有鏡子的優雅浴室、電梯和備有當地裝飾的游泳池——磁磚噴泉。浴室裡有粉紅花朵與矢車菊圖案的磁磚，小客廳與書房則有繡滿細緻花朵的掛毯。飯店的結構有如蜂窩，陽台一層層往上疊，圍住中間的天井大廳；半透明的白金色窗簾掛在雙層玻璃陽台推拉門之後。

吉莉安最近喜歡上游泳。飛行會使人體扭曲——或許特別影響中年女性的身體：她肚子脹氣，腳踝變得臃腫，膝蓋腫得渾圓，腳趾和手指腫脹得發亮。吉莉安早就學乖了，絕對不在抵達時照鏡子，只會有個臃腫的怪物從鏡子裡盯著她。她學會無論自己有多不想耗費體力，都得趕緊跑到泳池，水壓能讓被氣壓吹脹的部位消風。

在吉莉安抵達當天，佩里佩拉斯飯店的游泳池空無一人。儘管尺寸較小，還是令人滿意。這座大型水槽位於地下，備有藍綠色磁磚；池內的金色燈光照亮泳池，洞壁上則鑲有藍色與綠色的磁磚，裡頭擺滿菊花與康乃馨，邊緣又飾以金色馬賽克圖案，在金光下閃爍光芒。吉莉安對自己說：真是太棒了。她把悲哀的身體浸泡在搖曳的綠色液體中，感受著身體消失於水中，血液與神經化為純粹的能量。她如同游泳的長蛇般隨著漣漪向前漂。她製造出的小波浪在這座祕密水池裡拍打著她的下巴。她耳中迴盪池水輕柔而低沉的聲響，雙眼盯著綠色波紋與搖曳其上的金色光網。她浸泡自己，在水中翻滾，轉動腳踝與手腕，再轉過身，讓她的頭髮披落在玻璃般的曲線上。她的神經不再緊繃，心臟與肺部的脈動逐漸趨於平靜，身體則充滿活力與快樂。

當歐漢帶她去托普卡匹皇宮[60]時，她的身體仍因游泳而感到舒適，她的肌膚也深深記得那感覺。此刻兩人正從蘇丹上層的窗口往外望，後宮女子們曾一同在陽光中進入雪松下的漆黑水池游泳。蘇丹的澡堂也位在後宮，設計得相當不同。中央包廂位在他母親也就是皇太后的房間內，圍在一連串雕刻包廂與櫥櫃中。赤裸的蘇丹在此受到一眾炯炯目光的守護，不會遭受刺客襲擊。

和在以弗所時相同的是，吉莉安．佩赫特也奮力對抗著真實故事引發出的熱情。在牢籠裡，蘇丹之子們等待閹官帶來絲帶，讓他們用其結束自己的生命，好讓天選之人能安全繼承王位。神祕或令人失望的女子們也曾被帶到此處，被綑綁在布袋裡就此淹死。戰俘或無法讓人滿意的僕人，也都在此遭到獨裁者任意斬首。他們是如何與這種恐

60. 托普卡匹皇宮（Topkapı），位於伊斯坦堡，自一四六五年至一八五三年都是鄂圖曼帝國蘇丹在城內的官邸及主要居所。一九二一年鄂圖曼帝國滅亡後托普卡匹皇宮成為博物館供遊客參觀，如今為世界文化遺產。

懼共存的？

她對歐漢說：「就像你提到的山魯亞爾，和我說的華特一樣——成為別人的命運或宿命，對某些人而言肯定是一大樂趣。或許這使他們產生了幻覺，以為自己正把自己的宿命掌握在手中——」

「也許吧，」歐漢說，「或許生命對他們不那麼重要，無論是他們自己或其他人的性命都一樣。」

「你真的認為他們這樣想嗎？」

「不。」歐漢一邊四處打量由祕室構成的空蕩迷宮。「不，不是這樣。我們喜歡那樣說，但他們其實相信未來可期。只是我們想像不出來。」

歐漢帶她逛伊斯坦堡，他身上的土耳其氣息變得越發強烈。穆拉德三世的高大黃金王座鑲滿翡翠，上頭擺著金色與白色絲綢製成的軟墊。這時他說：

「我們是遊牧民族，來自中國和蒙古的大草原。我們的王座是一種可攜式的寶物，王座室則類似帳篷。我們把技術投注在小東西上，像是匕首與杯碗。」她想起了他先前念過的紅衣騎兵詩歌。

她在聖索菲亞和宿命（或某種東西）發生了第三次遭遇。聖索菲亞是個令人困惑的場所，儘管內部空間十分雄偉，卻顯得空蕩且迴音繚繞。這座擁有雄偉圓頂，黯淡的建築結構，曾是教堂、清真寺和現代博物館；它有宣禮塔、描繪拜占庭皇帝與基督母子的毀損馬賽克碎片。查士丁尼大帝用東西方的材料建造它，從希臘和埃及的神殿收集柱子和裝飾，包括來自以弗所女神神殿的柱子。聖索菲亞感覺起來（這也是吉莉安的預期）該像是東西方文化，與基督教、伊斯蘭教之間的交會點，但事實並非如此。聖索菲亞感覺起來更像間空蕩的穀倉，因戰爭、掠奪和宗教怒火而變得空虛。吉莉安覺得，無論這裡先前有什麼東西，都已經在許久以前就離開了。歐漢也沒有顯露情緒，但恢復了他的歐洲學術性格，指出馬賽克的意義，也談到他對馬庫色[61]理論中的荒誕性質所抱持的新想法。這些理論在六〇年代極為風行，當時他們開始教學。

「那裡有根奇特的柱子。」他含糊不清地說，「在某個地方，上頭

61. 譯注：馬庫色（Herbert Marcuse），二十世紀德裔美籍哲學家與社會學家。

有某種洞，人們會在那許願，妳可能會想知道我能不能找到它。石頭材質被很多人觸碰而磨損，我忘了它本來是要做什麼，但妳也許會想看。」

「不重要。」吉莉安說。

「他們在魔法石周圍裝了銅殼，以便保存它。」歐漢說，「但朝聖者已經讓它磨損了。他們光靠觸摸就侵蝕了它，穿過了黃銅與石材。它在哪呢，我應該能找到。它被信仰侵蝕，就像水滴石穿。我覺得這很有趣，我希望我能記起它的**用途**。」

當他們抵達，已經有一家人環繞著它了，是一名巴基斯坦籍父親、他妻子和兩個女兒。三名女子身穿富麗堂皇的紗麗，一人穿著粉紅色與金色，一人穿著孔雀綠與火焰紅，一人則穿著藍色與金色。他們找到那根有洞與銅殼的柱子，三名女子圍繞在周圍，不斷撫摸柱子，並用手在洞裡進進出出，如同被壓抑的鳥兒般嘰喳交談。氣宇不凡並身穿黑色大衣的父親向歐漢走近，問他是否會說英語。歐漢說會，對方便請他幫忙翻譯一本法語與土耳其語版嚮導書中有關柱子的故事。

當兩人對話時，身穿飄逸絲綢的三名女子便笑著轉向吉莉安．佩赫特，並伸出三隻柔軟的手。女子手腕上都戴著金手鐲，她們拉著吉莉安的袖管跟手，一面輕聲笑著一面走向柱子。女子拍拍佩赫特博士的肩膀，用手臂環繞著她並不住拉扯，開懷大笑。她們用強而有力的手握住她的手，把她的手插進洞裡，模擬給她看她該怎麼做：在洞裡轉動手三次，撫摸內緣。

吉莉安本能地抽回手，此舉出自英格蘭人對衛生的恐懼：這麼多人撫摸她；也來自更原始的畏懼，害怕洞裡的黑暗有某種冰黏骯髒的東西。但女子們十分堅持，力氣也大得出奇。柱中有某種液體，像個池子。佩赫特博士頓時起雞皮疙瘩，女子則笑出聲來。歐漢用英語對另一個人說著柱子的故事。他說，奇蹟締造者貴格利[62]顯然碰過這根柱子，並將他的力量灌入其中。柱子裡的水對視力和生育力相關疾病很有幫助。女人們圍在佩赫特博士周圍，笑得更響亮了。

那名父親告訴歐漢，自己去過所有伊斯蘭教的聖地朝聖，見多識廣，而他認為歐漢也朝聖過。歐漢嚴肅而漫不經心地點頭，對這名父親產生興趣。氣質莊重的黑衣朝聖者說，西方非常邪惡，他們邪惡而

62. 譯注：聖貴格利（St. Gregory Thaumaturgus），西元三世紀基督教早期教士，以其神蹟和對基督教信仰的傳播而聞名。

墮落，並逐漸墮入黑暗。但有股力量正在崛起，聖戰將會展開。真正的宗教將如神劍一般洗淨一切，摧毀瀕死的西方帶來的汙穢、貪婪與腐敗，宗教世界則會建立在它的灰燼上。這不僅只是種可能，而是已經發生了。種子已經埋進土裡，火花也被點燃，成群長矛都將升起，火焰也將吞沒一切。站在聖索菲亞的嚴父如此說，此處的石磚曾沾滿鮮血，雄偉的空間也堆滿了屍首如山。

吉莉安・佩赫特感覺他的靈魂已經死了，但或許是因為她感覺不到他的新靈魂，而這新的靈魂似乎對這家人發出耳語。這一家人都使她感到畏懼，但她發現歐漢似乎很開心。他延長了交談，期間肅穆地點頭，用小問題打岔：「你看到跡象了，是嗎？」歐漢並沒有打算改變對方，對方不過是名身在清真寺的好穆斯林。

朝聖者說，他的家人和他遊歷四方，她們喜歡看看不同的地方。那她呢，她會說英語嗎？

對方顯然以為吉莉安是名安靜的穆斯林妻子；當歐漢找尋魔法柱時，她都站在他背後兩步之遙的距離。歐漢嚴肅地回答：

「她**是**英格蘭人。她是位客座教授，知名的客座教授。」

身為阿塔圖克[63]新世界子民的歐漢，他正享受這個過程。阿塔圖克解放了女人，萊拉・賽林、萊拉・杜陸克都如同他的孩子。他能力強大，也是位滿腹思想的導師。歐漢向來喜歡戲劇，這時他也製造了一場小衝突揭發真相。這位巴基斯坦紳士現在不太高興。歐漢和吉莉安注視彼此。她心想，我們都想起先前他說的那番話：倫敦是條滿是廢物的下水道，大英國協也形同死屍，逐漸化為烏有。她不敢看巴基斯坦人的眼睛。她是英格蘭人，也為他感到難堪，無法和他四目相交；她是個女子，也不該和並非她丈夫的男人來到身兼清真寺的博物館。

父親召集了家人過來——女子們仍對吉莉安微笑，優雅地揮手向她道別。「哼，」歐漢說，「伊斯坦堡是諸多文化的交會處。妳不喜歡那根柱子嗎，吉莉安？妳的表情很有趣，很有淑女氣息。」

「我不喜歡聖索菲亞。」吉莉安說，「我以為我會喜歡。我喜歡『代表智慧的索菲亞』這個概念，我喜歡她是個睿智的女性，我也以為會在她的教堂產生某種感覺。結果這裡卻有個用來許生育願望的濕洞，有洞的柱子還可能來自阿提米絲神殿裡。」

63. 譯注：穆斯塔法・凱末爾・阿塔圖克（Mustafa Kemal Atatürk），土耳其共和國第一任總統，土耳其國父。凱末爾實行仁慈獨裁，啟動了一連串政治、經濟和文化改革，啟蒙土耳其並讓土耳其成為現代化和世俗主義的國家。

「我想柱子不是從那裡來的。」歐漢說。

「如果我是後現代諧音哏諧星，」吉莉安說，「我就會拿聖索菲亞（Haghia Sophia）開玩笑。她變老了，還變成老妖婆（hag）。但我辦不到，因為我尊敬字源學，那很神聖。老妖婆是我的用語，這是北方用語，和這裡一點關係都沒有。」

「妳剛剛就說出來了，」歐漢說，「就算妳否認也一樣。這裡很多美國學生以為老妖婆就是老妖婆，他們對老婦感到興奮。」

「我不會這樣。」吉莉安說。

「是呀。」歐漢說，他沒有坦承自己對老妖婆或老婦的想法。「我們去巴札吧。購物對西方女子的靈魂很有幫助，對東方女子也是；男人也是。」

大巴札[64]確實比聖索菲亞的雄偉洞窟更有活力，也更明亮。這裡盡是拱廊，像擺滿油燈和魔毯的阿拉丁洞窟，還有金銀銅鐵與陶瓷磚瓦。無論人在店鋪四周，或坐在扶手長椅上，周圍全是吊燈與淨手噴泉。歐漢盤腿坐在一堆掛毯的其中一綑上，要他以前教過的學生送土

64. 編按：大巴札（Grand Bazaar），是世界上最大、最古老的中東集市之一，有至少五十八條室內街道和四千多間商鋪。

耳其咖啡來。學生把裝在鬱金香玻璃杯中的玫瑰茶遞給吉莉安，同時展示他們的商品。掛毯攤商寫過一篇《項狄傳》[65]的博士論文，現在則會從伊拉克、伊朗和阿富汗把掛毯帶回店裡，旅程或騎乘駱駝，或開吉普車進入山中。他讓吉莉安看一些顏色柔和、充滿自然色調的基里姆掛毯[66]，包括一九三〇年代「尼羅河之水」之稱的淡綠色，和花梨木色搭配深灰色。不，吉莉安說，不，她想要飽滿的暗藍色、鮮紅色與猩紅色。舊掛毯是金色與鏽色，加上上頭奶油色的花朵，樹木圖案上滿是奇異飛鳥與鮮花。

掛毯攤商布蘭特說，西方人反覆無常。他們說想要這些平淡的色彩，印度和伊朗的女子便採購羊毛與絲綢。結果隔年年底毯完工後，他們又想要別的顏色：黑色、紫色和橘色。女人們的生意就這樣毀了，她們失去利潤，只能任由成堆掛毯腐朽。

布蘭特一邊說，我想妳會喜歡這張掛毯，一邊倒了杯咖啡。這是張婚宴掛毯，也是嫁妝掛毯，能掛在牧人帳篷的牆上。毯子上有棵生命之樹，圖案由深紅色與黑色構成，背景是午夜藍。妳會喜歡這個的。吉莉安說：沒錯。她看見漆黑的樹木圖案靠在她櫻草花山房間的

65. 譯注：《項狄傳》（*Tristram Shandy*），英國作家勞倫斯．史特恩（Laurence Sterne）在十八世紀撰寫的自傳型小說。它被認為是英國文學史上的一部重要作品，並且以其獨特的敘事風格和幽默感著稱。

66. 譯注：基里姆掛毯（kilim），以梭織方式製作的壁毯，主要生產於伊朗、巴爾幹半島及突厥諸國。

黃白牆壁上，那座房間現在只屬於她了。無論製作的女子是誰，她都讓掛毯顯得強韌而複雜，炫目而精緻。

吉莉安對歐漢說：我不會殺價，我是英格蘭人。歐漢說：那妳會對某些英格蘭人在這方面的才能感到訝異。但布蘭特是我的學生，因著他對《項狄傳》的愛，他會給妳開個好價錢。忽然間，吉莉安又感到舒服多了，體內充滿生命力，甚至想高聲歡唱，遠離柱子裡的水塘和陰沉的老妖婆。那老妖婆躲在阿拉丁魔毯做成的洞穴，洞裡有神奇的人類工藝品，還有張未知女子的婚禮掛毯，和感性的作家史特恩對生命誕生前做出的不朽幻想。暗棕色的咖啡從閃亮亮的銅鍋裡傾注而下，嘗起來非常濃郁，味道強烈又甘甜得幾乎剛好可以承受。

歐漢的另一個學生在市集中央的建築裡開了一家小店。那一區有如市場迷宮，而那家店的狹窄牆面上，擺滿了鍋碗瓢盆、油燈、瓶子、皮革製品、用途不明的舊工具、狩獵用的匕首和刀子、駱駝皮製的皮影戲偶、香水瓶和彎曲的火鉗。

「我要給妳一份禮物，」歐漢說，「一個餞別禮。」

（他隔天要前往德州，有場鑽研家族傳奇的敘事學家座談會在達拉斯舉行。吉莉安則要在英國文化協會演說，還得在伊斯坦堡待三天。）

「我要送你皮影戲偶卡拉格茲和哈西瓦特，還有魔法鳥西摩格[67]；還有一個帶著龍的女子，我想她可能是個精靈，肩膀上有隻飛龍。妳可能會喜歡她。」

這些小戲偶用紅布小心地包裹起來。這段期間，吉莉安在一張長椅上摸索到一只瓶子，那只瓶子沾滿灰塵，擺在一堆新舊物品堆裡。她用手掌輕鬆握住瓶頸，上面有個玻璃塞，如同迷你圓頂。瓶身整體一片漆黑，上頭有規律的螺旋狀白紋。

吉莉安會收集玻璃紙鎮，她喜歡玻璃，因為它有著矛盾的性質，和水一樣透明，卻如石頭般沉重，如空氣般隱形，也如土壤般堅硬；人類用氣息在火爐中吹拂它。孩提時代的她，很喜歡讀玻璃球裡裝著城堡跟暴風雪的故事，但在現實中，她覺得這些玻璃球總令人失望，她便將喜愛魔法的情感轉移到紙鎮上。玻璃紙鎮的彩色形體與幾何花紋散發出永恆的光芒，而當她指間的玻璃在光線下轉動，花紋也隨之擴張與收縮。如果可以，她喜歡在每趟旅程帶個紙鎮回去，這次她已

67. 編按：西摩格（Simurgh），波斯文化中的不死鳥，傳說西摩格身體巨大，羽毛擁有治癒能力；雛鳥成長後，親鳥會飛入火中而死。

經買了個土耳其紙鎮。那是個像女巫帽的玻璃錐，摸起來觸感粗糙，如同冰塊般帶有綠色的透明色澤。裡面有著不同顏色的同心圓圈，從底部看，藍、黃、白、藍的同心圓，宛如一隻對抗邪眼的眼睛。

「這是什麼？」她問歐漢的學生費亞茲。

他從她手中接過瓶子，用一根手指抹去底部的灰塵。

「我不是玻璃專家，」他說，「但這可能是Çeşmi bülbül，夜鶯之眼[68]，或者也可能是近代的威尼斯玻璃。印瑟寇伊[69]有家知名的土耳其玻璃工作坊——我想，大約是在一八四五年吧，它製造出了這種知名的土耳其玻璃，還加上這種不透明的藍色與白色螺旋條紋，有時還會混入紅色。我不清楚它為何叫夜鶯之眼，或許夜鶯有透明或不透明的眼睛。我們國家的人對夜鶯很著迷，我們的詩裡都是夜鶯。」

「在地球被汙染之前，」歐漢說，「在電視出現之前，每個人都會走出家門，沿著博斯普魯斯海峽和所有花園散步，以便聽到那年第一聲夜鶯啼叫，那聲音非常優美。就像日本人之於櫻花，一整群土耳其人會安靜地在春天裡漫步傾聽。」

費亞茲背誦了一段土耳其詩詞，歐漢則翻譯了內容。

68. 編按：夜鶯之眼（Çeşmi bülbül），源自土耳其的玻璃工藝，因其美麗而複雜的圖案而聲名遠播。匠人會將有色玻璃拉成細絲，並在吹製、旋轉器皿的過程中，在玻璃上構成色彩鮮豔的細絲螺旋圖案。

69. 編按：印瑟寇伊（Incirköy），伊斯坦堡的一個地區，位於博斯普魯斯海峽、安納托利亞一側。

在暮色籠罩的森林裡，夜鶯保持緘默
河流吸收天空與萬物
飛鳥從陰影裡回到靛色海岸
赤紅陽光落在牠們的鳥喙上

吉莉安說：「我很想擁有它。他的名字和他本身不太相配，這兩者我都喜歡。但如果它是 Çeşmi bülbül，肯定價值連城……」

「也可能不是。」費亞茲說，「它可能是近代的威尼斯製品。我們的玻璃匠在十八世紀去到威尼斯研習，威尼斯人則幫我們發展出十九世紀的技術。我會把它當成威尼斯製品賣給妳，因為妳喜歡它。妳也可以想像它是 Çeşmi bülbül，或許它就是吧。」

「費亞茲的博士論文主題是葉慈與拜占庭。」歐漢說。

吉莉安嘗試旋轉一下塞子，但瓶塞紋風不動，她也怕打破它。所以夜鶯之眼瓶就這樣也包進紅布裡。

在喝過玫瑰茶後，吉莉安返回她的飯店。那天傍晚在歐漢家中舉辦了一場道別晚宴，其中有音樂和茴香酒 raki，也有豐盛的美食。隔天，吉莉安便獨自待在她的飯店房間。

在飯店房間的孤獨時光，時間以不同的方式逝去。心智往外拓展但態度慵懶，身體則在明亮的室內空間伸展。在這樣的時間裡人可以想到任何事，也可能在很長一段時間裡什麼都不想。在飯店房間裡的吉莉安，起初總會想亂轉電視頻道。她躺在大床上紅色與奶油色的玫瑰之間，拿起有發光按鈕的黑色菱形遙控器蠻橫地對著螢幕。透明的畫面在上頭閃動；吉莉安能讓它大聲作響，製造出車潮與小提琴的聲音，講出戰爭的預言，或講述美味優格／氣泡果汁／什錦水果軟糖／凍得僵硬的瑪氏巧克力棒。她也能不管它（她也偏愛這樣），電視便形同特異的皮影戲。畫面裡，隆納．雷根[70]正微笑開口，他在玻璃箱裡顯得如玻璃般晶瑩剔透，話語則有如半透明的蛾翅撲騰。或有飛機落入山上的火焰裡，這是真實還是特技？有個神父開著跑車繞濱海道路，這是故事還是廣告？土耳其人討論著田野間番茄的飽滿程度；還有更多新車，開進玉米田，爬上高山，從摩天大樓上墜落。有個美女

70. 編按：隆納．雷根（Ronald Regan，一九一一—二〇〇四），美國共和黨政治人物，第四十任美國總統。

用舌尖輕觸覆盆子軟糖並嘆息，一隻巨大的采采蠅用盡洪荒之力，刺穿一隻占滿整張螢幕的乳牛血肉；吉普車載滿戴著頭盔的骷髏士兵，他們手握機關槍，緩緩穿越滿是塵埃的街道。這一切究竟是真實或戲劇？眼前又出現網球。

他們用法語打網球，在紅色沙漠般的球場上，在正午的蒙地卡羅，在兩小時前離開伊斯坦堡的太陽底下。男子網球比賽登場，頻道現場直播，什麼事都還未發生，只有人體（還有心靈）在無盡的、設計優美的敘事中伸展，延伸，驅動，勝利，失敗。佩赫特博士習慣在她的敘事學講座上說，無論是誰設計了網球規則與得分系統，他都是位絕世敘事天才，媲美古代的說書人。以前的說書人總喜歡安排三人一組的人馬去救動物，並對無視禁令的行為祭出處罰。佩赫特博士說，在網球上只要對手越是勢均力敵，計分方式就越難讓其中一方獲勝。當來到平分或平局，風險就會增加；選手不能只多拿一分或一局，而是要多拿到兩分或兩局才能確保勝利，藉此維持最大的緊張感，與觀眾最高的體驗感。

她喜歡看玻璃箱裡的網球比賽，就像小時候喜歡聽床邊故事一樣。她著迷於攝影師的高超技藝——捕捉滿是汗水的臉孔因竭盡全力而呲牙咧嘴，精準移動的雙腳有如芭蕾。以緩慢的速度重複播送令人熱血沸騰的跳躍，有如樹葉緩緩飄落空中，慢慢地、慢慢地，靜止不動。攝影機彷彿能讓這些肌肉發達的男子在波浪起伏的衣衫中停滯不動一般。只有當她不可能上場打球，唯有她只適合擔任一位觀眾，她才能愛上網球。她熱愛其中的幾何之美、增加難度的白色底線，希望與焦慮，刁鑽的金球，飛揚的紅土，網狀的編織方格。

她對敘事有過分的偏愛，認為現場比賽總是比錄影更吸引人，即便她無法先知道誰先贏球。對一些人而言，當他**知道**誰會獲勝之後，緊張感便消失無蹤。這就好比一個故事原本有設計精巧的完美開放式結局，最後卻變成一場騙局，失去了最重要的精華。現場比賽什麼都會發生，烏雲可能造訪，大地可能龜裂。現場直播就是一個進行中的故事，故事結局尚未到來，但**幾乎肯定**會出現，那種「幾乎」正是快樂的泉源。

一場現場比賽（貝克對上勒孔特）預計在一小時內開始。她判斷自己應該還有時間好好沖個熱水澡，接著便可以坐下來好好擦乾身體，看兩個男子跑步。於是她打開巨大的黃銅蓮蓬頭，位於浴室另一頭的玻璃帷幕後方；帷幕上雕滿漂亮的玫瑰圖案，還有小鳥停駐在長滿尖刺的花莖上。玻璃淋浴間則有好看的黃銅框架。水氣朦朧，顏色也有點類似黃銅，幸好水溫很熱。吉莉安在淋浴中玩耍，用肥皂塗抹胸部，為頭髮倒上洗髮精，並懊悔地望向最好別看的部位：肚子上的肥肉、鬆垮的肌肉。當她伸手拿毛巾，她想起自己或許在十年前，曾得意地注視脖頸的肌膚、緊實的胸部，覺得自己保養得無懈可擊。她曾嘗試想像這張精緻緊實、彈性十足的皮膚會如何起皺癱軟，但當年她實在想像不出來。那是她的肌膚，那就是她本身，沒有任何理由不該如此。她決定智慧告訴自己這是必然現象，身體一定會產生變化，但她的生命力決定瞞過自己。老化現象正在發生，她的眼瞼上出現柔軟的小皺褶，嘴唇的邊緣長出軟毛；如果她塗上唇膏，那些小毛髮就會變得明顯。

她全裸走向佩里佩拉斯飯店四十九號房裡的浴室鏡子。鏡上的霧氣變化萬千，而在霧氣中，吉莉安模糊地看到她的死神正走向她，頭髮漆黑如同液體般擺動，眼窩如烏黑的汙痕，液態臉孔上的嘴巴敞開，彷彿害怕自己的五官會消融於無形。她悲傷地低下頭，轉身離開，從透明塑膠袋裡取出吊掛著的浴袍。鞋櫃裡的白色絨毛拖鞋上，用金色文字繡著佩里佩拉斯的名稱。她用毛巾充當鬆垮的頭巾。而當她包緊自己，她想起那只夜鶯之眼瓶，並決定用水沖洗它，好讓玻璃恢復光澤。

她把瓶子從包裹中取出——它的確**沾滿**灰塵，簡直像被黏土包覆。她把瓶子帶到浴室，打開洗臉盆的水龍頭，注入溫度近似血液的溫水，再將瓶子擺在水柱下不斷翻轉。玻璃越來越藍，上頭繞滿了不透光的白色線條，整體呈現鈷藍色，黯淡的瓶身也變得明亮，閃爍耀眼的光芒。她一再轉動瓶身，用手指摩擦頑強的塵斑。忽然間，瓶子在她手裡一陣抖動，像青蛙一般，而她如同外科醫生手握仍在跳動的心臟。她緊抓瓶子穩住瓶身，自己的心臟也被嚇得漏了一拍，想像藍色的碎片散了一地。但唯一發生的，是隨著微微的玻璃摩擦聲，栓子忽然從瓶口飛出，平安落進臉盆叮噹作響。她手裡的瓶子發出一股隆隆吐息，有個移動快速的黑點發出尖銳嗡鳴，還冒出柴火、肉桂、硫礦和某種類似線香的氣味，還有種不像皮革、卻來自皮革的氣味？黑雲聚集起來，形成龐大的變形蟲花紋如逗點形狀，接著飛出浴室。

佩赫特博士心想：我看到幻覺了。她打算跟上，卻發現自己做不到，因為浴室的房門被某種東西堵住了。她漸漸發現那是隻龐大的腳丫，上頭有五根和她一樣高的腳趾，尖端是黃色的角質趾甲。這隻腳的外皮呈現橄欖色，還如蛇皮般泛著金色光澤；上面沒有鱗片，卻像有殼一樣，顏色介於透明與不透明之間。吉莉安伸出一隻手摸摸那隻腳，觸感很熱，不如炭般滾燙，但比她剛洗瓶子的水更熱。那皮膚乾燥又稍微帶著電流感，腳踝內側有條血管鼓動著，那是條綠金色的支脈，裡頭包裹的液體近乎翡翠色。

吉莉安站著打量這隻腳。那麼大的腳就算比例正確，也無法塞進這間旅館房間。那他的其他部分呢？當她還在思忖，便聽到聲音。那似乎是某種低沉的說話聲，刺耳但富有音樂性，或許是某種咒罵，某種她辨認不出的語言。她把塞子放回瓶口，穩穩地抓緊瓶子耐心等待。

那隻腳開始變形。起初它脹大起來，接著稍微縮小到吉莉安能擠過去的程度，但她謹慎地覺得還是別那樣做。大腳現在的大小如同大型扶手椅，也抽了回去，並不斷縮減尺寸，使吉莉安覺得可以跟過去了。古怪的聲音仍模糊不清地低語，吉莉安走了過去，看到占據她大半房間的精靈。對方像蛇一般蜷曲著身子，巨大的頭顱與雙肩推擠著天花板，雙臂伸到兩道牆邊；腳與身軀則繞過她的床，伸進房內。他穿著看起來不太乾淨也不夠長的綠色絲質上衣，因為她能在自己的玫瑰紅床鋪中央看到他龐大的私處。他身後有一大片閃爍的彩色羽毛，那是孔雀羽毛、鸚鵡羽毛、來自樂園的鳥兒羽毛；這似乎是他身上披風的一部分，不像傳統的翅膀是從肩胛骨或脊椎長出來的。當他移動折起的四肢，往下俯瞰她，吉莉安立時辨認出他氣味中的最後成分——一種令人毛骨悚然的駭人男性氣味。

他龐大的臉呈橢圓形，一根毛髮都沒長。他橢圓形的綠色眼瞼如瘀青一般，海綠色的眼球閃爍著孔雀石的光澤。他的顴骨高聳，還有個跋扈的鷹勾鼻，嘴巴則如同埃及法老王一般寬闊而突出。

他其中一隻大手裡握著電視。珍珠色的螢幕和紅色塵土上，鮑里斯．貝克[71]和亨利．勒孔特[72]正往前衝、往後跳，舞動著身體又往前衝刺。她能聽到網球的拍擊聲，精靈則豎起其中一隻曲線優雅的大耳朵

71. 譯注：鮑里斯．貝克（Boris Becker），活躍於一九八〇—一九九〇年代的德國網球運動員，德國體育史上最佳男子網球選手，外號「德國金童」。

72. 譯注：亨利．勒孔特（Henri Leconte），法國網球運動員。曾參加一九八八年和一九九二年的奧運。

傾聽。

他對吉莉安說話。她回應：「我猜你不會說英語。」

他重述了同樣的話。吉莉安說：

「法語？德語？西班牙語？葡萄牙語？」她感到猶豫。她不記得拉丁語的細節，也不確定自己能以那語言交談。「拉丁文。」她最後說。

「我會法語，」精靈說，「也會義大利語，我在威尼斯學的。」

「我偏好法語，」吉莉安說，「我的法語比較流利。」

「好。」精靈用法語說，「我學得很快，妳說什麼語言？」

「英語。」

「小一點比較好，」他改變話題，「伸展開來比較舒服。自從你們的一八五〇年開始，我就待在那瓶子裡了。」

「你在這房裡，」吉莉安思索著法語詞彙，「看起來太擠了。」

精靈打量著電視裡的網球選手。

「一切都是相對的。這些人極度渺小，我該變小點。」

他立刻這麼做，但沒有讓全身都變小，因此在一瞬間，他只剩下比常人稍微高大的身影，幾乎藏在他那大如山丘的私處後。隨後他也縮小了那器官，再把它藏起來。那動作幾乎像是自誇。他蜷曲在吉莉安的床上，體型只有她的一點五倍大。

「妳釋放了我，」精靈說，「妳對我有恩，因此我有必要給妳三個願望。妳想許什麼願望都可以。」

「我的願望，」敘事學家說，「有限制嗎？」

「真是不尋常的問題。」精靈說。鮑里斯．貝克和亨利．勒孔特昆蟲般的戲碼讓他有些分心。「其實，不同的精靈有不同的力量，有些只能允諾小東西──」

「像是香腸──」

「信仰者──有信仰的精靈，會覺得允諾你們豬肉腸非常噁心，但那是辦得到的。我們所有精靈都得遵守某些超自然法則，不能打破。比方說，妳不能許願要永恆的生命，因為妳們本當死去，如同我理應不朽。我不能用魔法維繫妳的原子，它們遲早會瓦解。」

他繼續：「即便是用不熟悉的語言，但能再次說話真好。妳能告訴我，這些小人是用什麼做的，又在做什麼嗎？它很像蘇萊曼大帝時代的皇家網球。」

「在我的語言，它名叫『網球』，草地網球。如你所見，這是在泥土上做的運動。我喜歡看這種運動。這些人，」她發覺自己脫口而出，「非常俊美。」

「的確。」精靈同意，「妳是怎麼關注他們的？那裡的氛圍充滿我不懂的事物——裡頭擁擠又忙碌。我在自己的語言或妳的語言裡，都找不到確切的用語；正確來說是妳的第二語言。我想說的是生物所散發出的電子——不只生物，連水果、花朵或遠處都有。那裡有一些我幾乎無法理解的高等數學遊戲，裡頭的數據不斷變化，如同空氣中的微塵。

我的空間發生了某種可怕的事，自從我被囚禁後，外部空間也受到影響了。我很難維繫這具外部軀體，因為所有力量之流都正在被干擾……這些人是魔法師嗎？還是妳是女巫，把他們關在盒子裡？」

「不，這是科學，自然科學。這東西是電視，它以光波、聲波和陰極射線構成——我不曉得是**怎麼**辦到的，我只是個文學學者，我們這些人對這類東西懂得不多。我們用它來獲取資訊和娛樂，我想世上大多人現在都會看這種盒子。」

「**六分，第一局。**」電視說，「**決賽，貝克發球。**」

精靈皺起眉頭。

「我是擁有一些力量的精靈。」他說，「我開始發覺這些粒子是怎麼移動的了。妳想要屬於自己的人造小人[73]嗎？」

「我有三個願望。」佩赫特博士謹慎地說，「不想把其中一個願望花在擁有一位網球選手上。」

「了解。」精靈說，「妳是個聰明而謹慎的女人，妳隨時都可以許願。而直到許完三個願望前，超自然法則也規定我得留在妳身邊。比較低階的精靈會為了自己的目的，誘惑妳迅速許下愚蠢的願望。但我敬畏神，也有榮譽感（儘管我大半輩子都困在瓶子裡），所以我自然不會做那種事。總之，我想嘗試抓住那些飛來飛去的蝴蝶。牠們在大氣的波長中飄盪，和我們移動時不同，牠們就在波長**裡面**。我應該能**聚焦**在一隻身上，來移動那些物質和射線。好玩的地方在於，我可以利用他的外型法則，並強化他——我可以輕易許願讓**他**出現在這裡。我會的，我會讓他沿著自己的軌跡前進，這樣……再這樣……」

一個小鮑里斯．貝克出現在電視櫃上。他頂著一頭金棕色頭髮，

73. 譯注：人造人（homunculus），又譯為「荷姆克魯斯」，據傳中世紀煉金術能製造出的人工生命體。

金色身軀上的每根金毛都有汗珠閃耀。小人可能比他在電視上的大小多出兩倍，電視上的畫面現在則停止不動。他眨了眨藍眼上的淡色睫毛，四處打量，顯然只能看到周圍一片模糊。

「**該死，**」小貝克說著德語，「**該死，真該死。我發生什麼事了**？」

「我可以讓我們出現在他面前，」精靈說，「他會很害怕。」

「把他放回去，他要輸掉比賽了。」

「我可以把他放大，變得跟真人一樣大。我們可以和他談談。」

「把他放回去，這不**公平**。」

「妳不想要他嗎？」

「**該死，為什麼我不能……**」小貝克又出聲。

「不，我不要。」

螢幕上的貝克停滯在先前的姿勢，他舉起球拍，頭向後仰，並抬起一隻腳。亨利．勒孔特走向球網。播報員宣布貝克癲癇發作，這讓精靈十分開心，證明他的確逮住了他[74]。

「**該死**。」臥房裡的小貝克寂寥地說。

「把他送回去。」佩赫特博士強硬地說，並迅速補充，「這不是我

74. 譯注：癲癇原文為seizure，此處的「逮住」原文為seized，是作者開的英文雙關語玩笑。

的三個願望之一，但你得盡力而為。你要知道，因為你打擾了這段賽事，讓全世界幾百萬人失望了——抱歉，這或許是我的專業認知，但這場比賽——」

「妳的小人為什麼不立體？」精靈問。

「我不曉得，但我們不能那樣做。我們或許可以多學習；儘管你待在瓶子裡很久，卻似乎比我還懂這種事。請把他放回去吧。」

「只要能討妳歡心就好。」精靈肅穆而優雅地說。他撿起人偶貝克，把他如瓶塞般迅速旋轉，低聲說了些話，螢幕上的貝克便在球場上癱了下去。

「你弄傷他了。」吉莉安控訴般說。

「希望不會。」精靈的語氣不是很確定。位在蒙地卡羅的貝克搖搖晃晃地站起身，其他人則護送他離開球場，他用雙手護著頭。

「他們沒辦法繼續打了。」吉莉安粗魯地說，接著訝異地把用手遮住嘴。她的床上現在有一個精靈，自己居然還對只看了一部分的網球賽結果有興趣。

「妳可以許願他沒事，」精靈說，「但他應該會沒事的。不只是應該，幾乎是必然。妳應該照自己的心意許願。」

「我希望，」吉莉安說，「如果你辦得到，請讓我的身體恢復之前自己很喜歡的狀態。」

綠色大眼盯著她身穿白袍與頭巾的壯實身軀。

「我辦得到，」他說，「我當然辦得到。如果妳確定那是妳最想要的願望就行。我能讓妳的細胞變回原樣，但我無法改變妳的命運。」

「你真有禮貌，願意告訴我細節。對，我想要那樣。無論我有什麼其他願望，過去十年來，我每天都很無助，非常渴望這件事。」

「就算這樣，」精靈說，「我覺得妳已經很棒了。妳的曲線很討人喜歡。」

「在我的文化裡並不是這樣，再說，還有時間帶來的老化問題。」

「我想是吧，但我不太能感同身受。我們由火焰構成，不會腐朽；你們由塵土構成，所以會回歸塵土。」

他對她舉起手，慵懶地伸出一根手指，有點像是米開朗基羅筆下的亞當。

她感到腹部內壁中鬆垮的子宮產生強烈收縮。

「我很高興看到妳偏好成熟女性，而不是青澀少女。」精靈說，「我也有同感。但妳的理想有點單薄，妳不想豐滿點嗎？」

「不好意思。」吉莉安忽然客氣地說。她回到浴室，打開浴袍，在除霧鏡裡頭看到身材豐厚、完美的三十五歲女子，乳房飽滿但沒有鬆弛，腹部緊實，大腿光滑，乳頭渾圓紅潤。這具耐用而宜人的軀體泛著飽滿的玫瑰色光澤，彷彿她才剛穿過烈火或蒸氣浴。她割闌尾的疤痕仍在，膝蓋上的舊疤也是；那是她在樓梯下躲避一九四四年的空襲時，摔到瓶子碎片上造成的。她仔細端詳自己在鏡中的臉。臉蛋並不美麗，但看起來健康且充滿生命力，亮麗得無懈可擊。她的脖子如同一根白淨的柱子，她也開心地察覺她的牙齒變得更多，排列也更整齊了。她取下捲起的毛巾，潮濕攤軟的長髮隨之灑落，顏色沒有變淡。她對自己說：我可以走上街頭，也還能展現自己，過著自由快樂的生活；不過我的**感覺**會更棒，會更喜歡我自己。那是個**聰明**的願望，我不會後悔。

她一邊梳理自己的頭髮，回去找精靈，對方正懶洋洋地躺在床罩上，盯著鮑里斯．貝克瞧，對方才剛輸了第一場比賽，現在第二場開始，他正像老虎般在球場上走動。精靈又拿起床頭櫃抽屜裡光亮的購物雜誌，以及基甸會《聖經》和《古蘭經》。他透過某種大腦滲透作用，從這些書裡學會了英語。

「嗯，」他用英文說，「她是誰？目光如晨曦般篤定，身段如明月般優美，白淨如太陽，卻駭人如揮舞大旗的軍人？這就是你們的語言，我發現我可以迅速學會它的規則。夫人，妳還滿意妳的願望嗎？我們有個小妹妹，她沒有胸部；等到她成年，我們該為她做什麼呢？我從這時代的這些影像裡發現，你們喜歡像男孩一樣胸部不大的女人。這真是某種奇特的禁慾主義，也可能是某種異常現象。我不是那種躲在澡堂裡、從背後抓住小男孩的精靈，我和各種女子結合過，包括示巴女王本人，以及書拉密女[75]；她的乳房如同葡萄與飽滿的石榴，脖子像象牙塔白皙，氣息宛如蘋果般香甜。男孩是男孩，女人是女人，夫人。但這些圖片的眼睛很漂亮，她們很擅長畫眼線。」

「如果你和示巴女王結合過，」吉莉安提出學者的質疑，「又怎麼會被關在夜鶯之眼裡？我相信這只瓶子最早出自**十九世紀**，可能並非來自威尼斯。」

75. 譯注：書拉密女（Shulamite），《舊約聖經》詩歌智慧書第五卷《雅歌》中的女性角色。書拉密女是所羅門王的愛人，在《雅歌》中被描述為一位極其美麗的女子。

「這當然是夜鶯之眼了。」精靈說，「美麗的季斐兒很珍惜這只剛做好的瓶子，她住在士麥那，是穆斯塔法．伊明．貝的妻子。我因為愚蠢的意外，還有太喜歡跟女人交談而被困在那瓶子裡。那是我第三次被囚禁，我未來一定得小心點。我很樂意把自己的過去告訴妳，同時妳還能決定剩下的兩個願望要怎麼許，但我也對妳的故事也很好奇——妳是人妻還是寡婦，又怎麼會住在這座有流水的豪華公寓裡呢？妳亮晶晶的書本讓我知道這裡叫佩里佩拉斯。我對英格蘭了解不多，內容也不太好。我知道傳聞有皮膚蒼白的奴隸來自北方某座島，羅馬主教形容他們：「*Non Angli sed angeli.*（不是盎格魯人，而是天使。）」[76]從士麥那商隊驛站的交談裡，我也得知賞人[77]的事。據說你們是無法彎腰或微笑的粗重紅人，但我早就學會不要輕信傳言，我覺得妳氣質典雅。」

「我的名字是吉莉安．佩赫特。」佩赫特博士說，「我是個獨立女性，是個學者；我研究說故事的技巧和敘事學。」（她想他或許能學會這個有用的字；精靈的綠眼閃閃發光。）「我來土耳其參加會議，一週內就會返回我的島，所以我不覺得你會對我的過去有多少興趣。」

76. 編按：這段文字是講述教宗葛利果一世在羅馬的奴隸市場看到來自英格蘭的盎格魯人奴隸。教宗驚豔於他們的外貌，便說出這句名言，表示他們如此美麗，不應為奴，而該成為天使。

77. 譯注：原文為Bisnismen，應為精靈不清楚「商人」（businessman）該字所念錯的讀音。

「恰好相反。我暫時受制於妳，理解掌控自己的對象身上的過往，總是明智之舉。我大半輩子都住在後宮，而在後宮裡，研究看似平淡無奇的他人歷史，對我來說是件極其重要性的事情。我認識唯一真正獨立的女人，就是我的遠親示巴女王，但我看得出來從她的時代過去以後，世道已經改變了不少。獨立的女人有什麼願望，橘里安・佩理韓？」

「沒多少，」吉莉安說，「我沒缺什麼東西。我得好好思考，我需要做出聰明決定。把你被囚禁三次的故事告訴我吧，希望這不會讓你覺得無聊。」

對於在旅館房間裡優雅休息的東方魔神，她居然能表現出就事論事的態度，事後她對自己大感訝異。當時，她毫無障礙地接受了對方的存在和他說的話。如果她是在夢中見到他，她就會有這種反應——也就是說，她明白當時跟現實有某種差異，也清楚地知道她並非身處日常現實之中。她當時所處的現實，並不是詹森博士用力踢一塊石頭，來駁斥喬治・柏克萊唯心論的現實[78]。她也常在講課時說，

78. 編按：詹森博士（Samuel Johnson），英國知名文評家、詩人、散文家，耗費九年獨立編纂《詹森字典》。喬治・柏克萊（George Berkeley），著名愛爾蘭哲學家，主觀唯心主義者。這段話是指當時詹森博士對喬治・柏克萊的反駁。喬治・柏克萊認為「物質並不存在，而是依賴於我們的感知」。詹森博士聽到便用腳踢了一塊石頭，以行動證明物質世界是真實存在，並非人類感知所建構的幻象。

人類之所以有講述虛幻故事的需求，很可能源於夢境。記憶跟夢境也有些共通點，它會重新排列成清晰單純的敘事過程，而記憶肯定也會自創內容，或回想出細節。

她告訴自己的學生，霍布斯[79]將想像描述為衰敗的回憶。而她從來沒料到，自己居然會從精靈的存在中「醒來」，發現對方消失無蹤，彷彿從未出現。她的確認為，她自己可能會（或是精靈會）突然跑到某個他們不再共享的現實裡。但此刻，他仍在原地，手指甲與腳趾甲閃閃發光，肌肉微微顫動，閃耀光澤；他的大眼陷入沉思，披風有如雙翼，散發出他的氣味、他的香水與煙霧，和他的費洛蒙（假如精靈有費洛蒙的話，她還不敢問這個問題）。

她想叫客房服務送餐點來。兩人一同選了烤蔬菜沙拉、煙燻火雞、香瓜和百香果雪酪。當服務人員將餐點用推車送進來，精靈便躲了起來；而當他再度出現，餐點多了碗新鮮無花果、石榴和散發濃郁玫瑰香的土耳其軟糖。吉莉安說，如果他能弄來食物，她就不用點菜了。精靈則說她沒有考慮到一個從一八五〇年（他以法語說：按照你們的方式計算）就塞在瓶子裡的精靈，對外界會有多好奇，他很想看

79. 編按：湯瑪斯・霍布斯（Thomas Hobbes），英國政治哲學家，現代自由主義政治哲學體系的奠基者。

看後世人們的生活方式。

「妳的奴隸，」他說，「身體健康又滿臉笑容，真好。」

「現在沒有奴隸了，我們不再蓄奴了——至少在西方和土耳其沒有。我們都是自由之身。」吉莉安說。但當她說出這句話，又開始後悔自己簡化了事實。

「沒有奴隸，」精靈若有所思地說，「所以可能也沒有蘇丹了？」

「沒有蘇丹了。有共和國，就在這裡。在我的國家，我們有女王，但她沒有權力，她是……象徵性人物。」

「示巴女王握有權力。」精靈一面深思般地皺眉，一面為他們面前的大餐加上椰棗、雪酪、鵪鶉、糖漬栗子和兩片蘋果派。「當她的間諜向她報告，偉大的蘇萊曼[80]（願他永遠被人懷念）已越過沙漠、凱旋歸來，她對我說：『我這樣偉大的女王，怎麼能臣服於婚姻的牢籠，被男人床上的無形枷鎖給束縛呢？』我勸她別這樣做。我告訴她，她能善用自己的智慧，像隻老鷹般在空中翱翔，用俯瞰的眼光望著腳下的城市、宮殿和高山。我告訴她，她的身體豐滿迷人，但內心更豐盈、更美麗也更歷久不衰——儘管她有一部分我族的血統，卻仍和妳一樣

80. 譯注：此處的蘇萊曼並非鄂圖曼帝國的蘇萊曼大帝，而是《聖經》中的所羅門王，他在阿拉伯語的名稱為蘇萊曼。

是凡人。妳知道，精靈和凡人無法生下不死的後代，就像驢子和馬只能生下無法繁衍的騾子。

她說，她明白我說得沒錯。她坐在密室的軟墊上，不會有人來這裡；她用手扭著自己的黑髮，皺著眉頭沉思。我注視著她碩大渾圓的乳房、她的細腰，和她大而柔嫩的臀部，看起來就像兩座高大而細緻的沙丘。我內心對她充滿慾望，不過我沒有說出口，因為她老愛和我玩點小把戲。

她打出生就認識我了，可以隱形的我經常出入她的寢室，在她長大的過程裡親吻她柔嫩的嘴，撫弄她的背。我跟她所有女奴一樣，清楚什麼樣的撫觸能讓她舒爽顫抖；但一切都只是玩耍罷了。她也喜歡找我討論嚴肅的議題，像是詢問波斯與比薩拉比亞[81]國王的意圖，加札勒[82]的結構，什麼藥能治療壞脾氣和絕望，以及星辰的排列方式等。

她說，她知道我說得對，她的自由對她才真正有益，她也不該投降；而只有我，不朽的精靈，和少數女子這樣建議她。但她宮廷裡的多數男女，以及她的人類家人，都支持跟這位蘇萊曼聯姻（願他永遠被人懷念）。隨著他一天天穿越沙漠，他在女王心中的形象日益強大，

81. 編按：比薩拉比亞（Bessarabia），位於現今摩爾多瓦和烏克蘭的歷史地區。該區在歷史上受到多民族和國家影響，包括羅馬尼亞、鄂圖曼帝國和俄羅斯帝國，也多次易手，因此其文化和傳說也反映了不同的影響。

82. 譯注：加札勒（ghazal），阿拉伯詩文中的一種抒情詩，形式為對句，通常是情詩。

在她面前的我則逐漸矮化。當他到來那天，我就明白自己輸了，她渴望著他。他的確魅力無窮，絲質長褲裡的腰臀散發出極致的美感，他的手指修長而敏捷；他撫摸女子的方式，就如同他演奏魯特琴或笛子般靈活。但起初她並不曉得自己渴求對方，我則像個傻瓜，不斷鼓吹她要想著自己引以為傲的自主權，想著她可以恣意來去的權力。她也同意我說的話，嚴肅地點點頭，隨即落下一滴熱淚。我舔掉那抹淚水——我從未如此渴望任何生靈，無論是女人、精靈、佩里[83]或如同現剝栗子般水靈的男孩。

後來，她開始要對方進行一些看似不可能達成的任務——在整座宮殿裡找到特定的紅絲線、猜測她母親作為精靈的祕密名字，要他回答女人最想要的東西是什麼等等。至此我更確定自己已經失敗了，因為那男人能和人間的飛禽走獸交談，也能和來自火焰王國的精靈溝通。他請螞蟻找到絲線，又請某個來自火焰王國的伊弗利特把她母親的名字告訴他。隨後他注視著她的雙眼，把女人最想要的東西告訴她。她垂下眼，說他講得沒錯，並把**他**想要的事物送給對方：迎娶她，並帶她上床。她令人憐愛的肉體尚未敞開，便發出我從未聽聞過

83. 譯注：佩里（peri），阿拉伯神話中的美麗神靈，通常被描繪為類似仙女或天使。

的肉慾嬌喘；我從未聽過她那樣的聲音，未來也不會再聽見了。看著他奪走她的童貞，緞帶般的鮮紅血液流到絲質床單上，我不禁發出某種呻吟，被他察覺到我的存在。

他是名高強的魔法師，願他的名永遠受人祝福。儘管我當時隱形了，他卻能看見我。他躺在原位，身上沾滿兩人的汗水，還留下不少小吻痕——吻在最藝術的地方，很遺憾那無法隱形。吻痕留在她鎖骨的柔軟凹陷處，還有……其他地方，妳想像得到。還好他清楚看到了她留下處女鮮血，不然我的命運應該會更糟。他念出咒語將我關進房裡的大金屬瓶裡，再用獨屬於他的封印將我封在裡頭。儘管我信神，並不追隨伊比利斯，她仍一語不發，並沒有為我求情。她躺回去嘆了口氣，伸出柔軟的手掌，觸碰對方讓她感到莫大喜悅的器官。我對她而言什麼都不是，不過是縷瓶中的氣息。於是我就這樣和許多同類被拋進紅海，困在海底兩千五百年，直到某個漁夫用網子打撈起我，再把瓶子賣給旅行攤販。攤販把我帶到伊斯坦堡的市集，最後我被蘇萊曼大帝之女米赫麗瑪公主[84]的侍女買下，把我帶到至福之地舊皇宮，也就是宮殿內的後宮。」

84. 編按：米赫麗瑪蘇丹（Mihrimah Sultan），蘇萊曼一世與羅克賽拉娜（許蕾姆）之女，名字「Mihrimah」意思是「日與月」。米赫麗瑪在其母親駕崩後，主導鄂圖曼後宮。伊斯坦堡有兩座清真寺以米赫麗瑪的名字命名；而蘇萊曼一世所有子女中，只有米赫麗瑪死後與蘇萊曼一同葬在蘇萊曼尼耶清真寺，足見其地位。

「跟我說，」吉莉安．佩赫特打斷他的故事，「女人最想要什麼？」

「妳不曉得嗎？」精靈說，「如果妳不知道，我就不能告訴妳。」

「也許她們不全都想要一樣的東西。」

「也許妳是這樣沒錯。我並不清楚妳的慾望，橘里安．佩理韓。我沒辦法讀出妳的心思，這讓我覺得很有趣。妳不願意把妳一生的故事告訴我嗎？」

「我的故事不有趣。再告訴我米赫麗瑪公主買下你後發生什麼事吧。」

「這名女子是蘇丹蘇萊曼大帝和他外號紅女的王妃羅克賽拉娜[85]的女兒。羅克賽拉娜來自加利西亞[86]，是烏克蘭神父的女兒，土耳其名稱為「許蕾姆」，意思是「快樂的人」。羅克賽拉娜就像大軍過境般可怕，她打敗了蘇丹先前的寵妃古巴哈，意思是「春之玫瑰」。當羅克賽拉娜為蘇丹生下一個兒子，她笑著逼蘇丹迎娶自己。在這之前，沒有任何妾室或基督徒敢這麼做。還有一天廚房起火（肯定是你們的一五四〇年），她把所有家臣送到王宮，約有一百名侍女和宦官，所有人都戰戰兢兢，深怕當場被開腸剖肚，但他們更害怕她的笑聲。她就這樣

85. 編按：羅克賽拉娜（Roxelana），鄂圖曼帝國蘇萊曼大帝的皇后，年輕時被韃靼人擄掠賣作奴隸，後來進入鄂圖曼後宮，更打破傳統被升格為合法妻子與皇后。

86. 編按：加利西亞（Galicia），現今烏克蘭西部與波蘭東南部，是一個多民族、多文化的地區。歷史上曾居住波蘭人、烏克蘭人、猶太人和其他民族。

堂而皇之住進王宮。

當伊布拉辛遭到處決、被勒死後，米赫麗瑪的丈夫魯斯坦帕夏[87]便成為大維齊爾[88]。我還記得蘇萊曼大帝，他的圓臉上有雙藍眼珠，鼻子如同公羊，身體宛如雄獅，蓄著長鬍，脖頸修長。他是個魁梧的男子，充滿王者風範，心中毫無恐懼也不願妥協，整個人氣宇軒昂……後繼者都只是些愚人和小兒。

那全是羅克賽拉娜的錯，她設計害死古巴哈的兒子穆斯塔法。穆斯塔法和他父親性格相仿，將來可能成為一名睿智的統治者。結果那女人向蘇萊曼誣陷他兒子企圖謀反，因此當穆斯塔法大膽地來到他父親面前時，一群人便拿著絲繩靜靜等著。他對一向敬愛他的禁衛軍大喊，但人群隨即把他打倒在地，勒住他讓他窒息。我全程目睹，因為我新的小主人派我去見證這一切。就是那名米赫麗瑪的女奴。她打開了我的瓶子，以為裡頭裝著她女主人沐浴用的香水。她是名基督徒也是切爾克斯人[89]，名叫古爾滕，對我來說她皮膚太白了，容易發抖哭泣，經常扭擰雙手。

當我在密室裡的浴室中出現在她面前，她便昏了過去。我費了很

87. 編按：魯斯坦帕夏（Rustem Pasha），蘇萊曼大帝之女米赫麗瑪之夫，曾兩次擔任蘇萊曼大帝的大維齊爾，也是鄂圖曼歷史上最富有的大維齊爾。據傳蘇萊曼是被許蕾姆的陰謀操縱，才決定殺害其好友伊布拉辛，並讓魯斯坦帕夏取而代之。

88. 譯注：大維齊爾（grand vizir），蘇丹以下最高階的大臣，相當於宰相。

89. 編按：切爾克斯人（Circassian），一支西北高加索民族，阿迪格人的一個分支，對應元末明初「色目人」中的「撒兒哥」族群。

大的勁才喚醒她，對她解釋她能許三個願望，感謝她釋放了我。我不想傷害她，也不會動她一根汗毛，因為直到完成願望前，我都是瓶子的奴隸。可憐的蠢女孩無可救藥地愛上了穆斯塔法王子，立刻許願希望能得到他的青睞。我讓願望成真了——我對王子說了些話，他便要女孩去找他。我護送她到王子的寢宮，告訴她如何取悅對方。他很像他父親，一樣喜愛詩詞，還熱愛唱歌，擁有良好的禮儀。接著那蠢女孩許願她想懷孕——」

「自然會變成那樣。」

「很自然，但非常愚蠢。願望最好用來**防止**懷孕，夫人。輕率地浪費願望也很愚蠢，畢竟他們倆都很年輕，充滿慾望又血氣方剛，這種事用不著我介入也會發生，我還能在更關鍵的時候幫助她。當然了，當羅克賽拉娜聽說古爾滕懷上穆斯塔法的孩子後，就命令宦官把她裝進袋子裡縫死，再把她從皇宮角[90]拋進博斯普魯斯海峽。

當我從穆斯塔法的死刑現場飛回來，我就在想：她應該隨時會想到我，並想許願——但我不曉得會是什麼願望；可能會想許願去到遠方，或掙脫袋子，或回到切爾克斯。我耐心地等她許願，只要她許完

90. 編按：皇宮角（Seraglio Point），又名薩拉基里奧角，位於現土耳其伊斯坦堡，為一海岬分開金角灣和馬爾馬拉海，也是著名的托普卡匹皇宮所在地。皇宮角連同伊斯坦堡歷史區，被列為世界遺產。

願，我們倆就都自由了。我能恣意飛去任何地方，她也能自由自在地活下去，然後生下她的孩子。結果她的四肢變得冰冷僵硬，恐懼的雙唇也如青金石般發藍，藍色大眼盡是訝異的神色。而那些園丁——妳知道的，劊子手平常是園丁——他們把她像枯萎的玫瑰般塞入袋子裡，再把她搬到懸崖邊，扔進博斯普魯斯海峽。

每一刻我都想著要去救她，但我覺得她**肯定**會求生，哪怕不是她情願的也好。而結果我遲了點，傍晚時分我隱身穿過花園——當時玫瑰盛開，濃郁的芬芳令人沉醉。結果在我意識到她已經沒辦法許願之前，她就走了，被淹死了。」

精靈說：「我就在那裡，可以說我處於半解放狀態，因為尚未達成第三個任務而仍然受瓶子束縛。我發現我在白天能到魔法瓶周圍的一定距離內遊蕩，但入夜後就得回去，縮進瓶子裡睡覺。我是後宮的囚犯，這種生活也可以繼續下去，因為我的瓶子就安穩地藏在浴室地板的磁磚底下。那是塊鬆掉的磁磚，只有那名淹死的切爾克斯女孩才曉得。宮裡的女子都會找許多地方藏東西，她們喜歡擁有一兩個屬於自己的東西，或是藏匿信件，也深信沒人會知道。於是我發現自己沒

91. 編按：塔赫瑪斯普（Shah Tahmasp），伊朗薩法維王朝的沙阿（國王）。一五二四年—一五七六年在位。

92. 編按：巴耶濟德皇子（Şehzade Bayezid），蘇萊曼大帝與羅克賽拉娜所生的兒子。在穆斯塔法皇子被殺害後，蘇萊曼的候選繼承人僅剩哥哥賽利姆（Selim）與弟弟巴耶濟德，而巴耶濟德更受鄂圖曼軍隊歡迎。當蘇萊曼年事漸高，兩位皇子的王位爭奪逐漸白熱化，最後賽利姆在蘇萊曼的幫助下擊敗巴耶濟德，巴耶濟德因此被迫流亡到波斯的薩法維帝國。幾經談判後薩法維國王塔赫瑪斯普允許巴耶濟德被父親的劊子手處決。

93. 編按：米馬爾．希南（Mimar Sinan），鄂圖曼帝國蘇丹蘇萊曼大帝、賽利姆二世及穆拉德三世的首席

辦法吸引任何人注意那塊磁磚和瓶子，這種事超出我的能力範圍了。

就這樣，我在托普卡匹皇宮遊蕩了不到一百年，妳可以詩意地說，我有如被一根絲線綁著，受制於浴室地板下的一只瓶子。我看著羅克賽拉娜說服蘇萊曼大帝寫信給波斯的沙阿塔赫瑪斯普[91]，她和蘇萊曼大帝最小的兒子巴耶濟德[92]在該國避難。她還是要沙阿處決年輕的王子。身為東道主的塔赫瑪斯普拒絕這麼做，但按照慣例，允許土耳其的緘默者出手。巴耶濟德連同他四個兒子一同遭到處死，而年僅三歲、躲在布爾薩的第五個兒子也一起被處死。我想他也可能成為一名優秀的統治者——大多數人都這麼認為。」

「**為什麼**要這麼做？」吉莉安．佩赫特問。

「風俗如此，夫人，羅克賽拉娜希望能確保她的長子賽利姆順利繼承王位。世人稱他為酒鬼賽利姆、醉漢賽利姆，和詩人賽利姆；最後他在喝了太多葡萄酒後，死在澡堂裡。當時羅克賽拉娜已過世多年，葬在蘇萊曼尼耶清真寺旁，而她女兒米赫麗瑪在偉大的建築師希南[93]的幫助下，又建了一座新的清真寺以紀念蘇萊曼；宏偉的蘇萊曼尼耶清真寺就是希南蓋的，好與聖索菲亞大教堂匹敵。

建築師，被視為鄂圖曼建築古典時期最偉大的建築師，常與西方同時代的建築師米開朗基羅作比較。超過三百座建築物都以他的名字命名，塞利米耶清真寺、蘇萊曼尼耶清真寺皆出自他的手筆。

我看著蘇丹來來去去——穆拉德三世受到女人宰制，絞死了他的五名兄弟；穆罕默德三世則絞死了十九個兄弟，再為他們舉辦豪華的葬禮——當某位托缽僧預測他只能再活五十五天後，第五十五天他便在恐懼和顫抖中死去。我看著神聖的瘋子穆斯塔法[94]從王子的牢籠裡被救出，被廢黜，並在小鄂圖曼遇害後又被送回，然後又被生性最殘忍的穆拉德四世給廢掉。

夫人，妳能想像有個男人和一群美麗女孩在草原上共舞，只因為她們唱歌太大聲，就下令淹死她們嗎？在那些日子裡，沒人敢在王宮裡開口，因為他們害怕招惹穆拉德的注意。他會因為某人害怕到牙齒打顫，而處死對方。當他即將辭世的時候，他便下令處死他僅存的弟弟伊布拉辛。結果他的母親希臘人柯賽姆，也就是蘇丹皇太后，騙他處刑已經完成了，但實際上並沒有。我看到穆拉德露出微笑，想起身看看屍體，接著便一陣呻吟，倒下斷了氣。

至於伊布拉辛，他是個傻子，還是個殘酷的傻子。他熱愛後宮裡的事物，畢竟他在那長大。宮裡有個來自烏克蘭北方的老婦人，跟伊布拉辛說了個北方國王的故事。那位北方國王總在鋪滿貂皮的房間裡

94. 編按：穆斯塔法一世（Mustafa I），鄂圖曼帝國的短命蘇丹，根據記載為一個弱智或患有精神疾病。過往的蘇丹都會殺光兄弟以保全自己繼承王位，但穆斯塔法因受兄長喜愛，以及考量到絕後問題，故沒有殺害穆斯塔法，而是將他囚禁了近十四年。兄長去世後，穆斯塔法被扶植為新蘇丹，卻因無力治國遭廢黜；隨之繼位的鄂圖曼二世又在政變中被殺害，穆斯塔法再度被擁立復位並又再度被廢黜。最後由穆拉德四世成為蘇丹，穆斯塔法再度被囚禁。

跟妃子做愛；他的床上鋪滿貂皮，身上也裹著貂皮。聽到這則故事，伊布拉辛便給自己做了件大袍子，裡外都是貂皮，鈕釦還是大大的寶石。當他翻雲覆雨之後，便會穿上那袍子——過了一陣子，那袍子就不太好聞了。而他相信女人的身體越豐滿，他肉體的歡愉就越強烈，所以他將禁衛軍派到全國各地尋找最豐滿、最碩美的女子，再把她們帶回自己的貂皮床上，像野獸般肆意掠奪。

我就是這樣回到瓶子裡的。那裡面最肉感的女人，她甘美的吐息像隻乳牛，她的腳鍊比妳現在的腰圍還大上兩倍。夫人，她是個亞美尼亞基督徒，生性溫順又容易喘不過氣。她重到踢開了隱藏我瓶子的磁磚，於是我就在浴室裡現身，害她緊張得喘不過氣。我告訴她，皇太后當晚打算在宴席上絞死她。我也以為她會許願，希望自己能逃到一千哩外，或希望有人能絞死皇太后；或許個小願望也好，像是『我希望自己知道該怎麼做』，這樣我就可以告訴她要怎麼做，然後展翅高飛，衝向世界的盡頭。

結果這個圓滾滾的女人志得意滿又愚蠢至極，她想出來的願望只有：『我希望你再被封回瓶子裡，異教徒伊弗利特，我根本不想跟骯髒的精靈打交道。』還補充一句：『你好臭。』我就這樣縮回煙霧中，回到瓶子裡，關上蓋子。她帶著我的瓶子穿越我那白皮切爾克斯小主人也曾經過的玫瑰園，再從皇宮角把我丟進博斯普魯斯海峽裡。她親力親為，當她走過小徑，我能感受到她豐滿皮肉的漣漪與顫動。我正準備說她這幾年來沒怎麼運動，但那不太公平——她必然得大力鍛鍊自己某方面的肌肉組織，好應付伊布拉辛蘇丹的極端行為。就像我告訴她的，柯賽姆當晚便絞死了她。如果能被羅克賽拉娜或柯賽姆這些強悍的蘇丹釋放，感覺或許更有趣，但我老是碰上陰柔女子。

於是我在博斯普魯斯海峽翻滾了兩百五十年，然後被一個漁夫撈起來，再被當成骨董賣給士麥那的另一個商人。他把我（或該說是我的瓶子）當作定情物送給他年輕的妻子季斐兒，她閨房裡收藏了不少形狀奇特的瓶罐。當季斐兒看到瓶子上的封印，就立刻知道這是什麼，她讀過許多故事與歷史。後來她告訴我，整個晚上她都怕得要死，不知道究竟該不該打開瓶子，怕我會生氣。有些精靈會威脅要殺死救自己的人，因為好幾世紀的等待已經讓他們變得怒氣沖天，便對那些可憐人發怒，認為他們花了太久的時間才來救自己。但季斐兒是個勇敢的人類，她渴求知識，還極度無聊。所以有一天當她獨自待在房間，就推開了封印……」

「她是個怎麼樣的人？」

精靈似乎陷入了回憶的沉思中，吉莉安便打破沉默。

他眼瞼半閉，龐大的鼻孔顫動著。

「啊，」他說，「季斐兒。她十四歲就跟比她老的商人結婚，如果把某人當成狗來耍、當成被寵壞的嬰兒或籠中胖鳥來對待算好的話，那她丈夫對她就算好了。她的外貌動人，是個敏捷而黝黑的人，擁有謹慎的深棕色瞳仁和憤怒時向下拽的嘴唇。季斐兒反覆無常又易怒，平常無所事事。家裡有個比較年長的太太並不喜歡她，也不和她說話，她也覺得僕人似乎總在嘲笑自己。所以她把時間花在刺繡上，她會用絲綢繡出很大幅的故事圖樣。

那些故事出自《列王紀》[95]，其中有一個英雄魯斯坦和沙阿的故事：沙阿凱伊卡弗斯想像精靈一樣飛翔，便想出了一個妙計。他把四隻強壯又飢餓的老鷹綁在王座上，再把四條多汁的羊腿綁在王座頂棚的柱子上。待他坐上王座，老鷹為了吃到羊肉便抬起了王座，讓沙阿

95. 編按：《列王紀》（*Shah-nama*），波斯民族的史詩，由著名波斯詩人菲爾多西（Ferdowsi）於十世紀完成。內文以波斯文所著，記錄了四千多年間波斯帝國的神話傳說和歷史故事。《列王紀》可說是波斯古代社會生活的百科全書，保存了珍貴的波斯語言和文化。魯斯坦（Rüstem）是《列王紀》中波斯最偉大的英雄之一；而沙阿凱伊卡弗斯（Shah Kaykavus）則是波斯的一任國王，以他的野心與愚蠢著稱。

飛升上天空；但老鷹很快就累了，沙阿便連人帶座掉落地面。季斐兒根據這個故事，繡出沙阿一頭往下栽的模樣，還為他繡了一襲華美的花毯好讓他掉下去，因為她任為沙阿胸懷大志，並不是個傻子。妳真該看看她用絲繡出的腿，活靈活現的，或者該說，就跟死了沒兩樣。

季斐兒是名卓越的藝術家，但沒人看過她的作品。她總是忿忿不平，因為她清楚自己能做到許多事，而那些事她甚至都無法明說，她想完成的夢想便形同惡夢，如影隨形——她是這樣跟我說的。她跟我說，她內心充滿力量，卻沒有機會使用，只能被自己的力量給吞噬。她覺得自己可能是個女巫，但假如自己是個男人，世人便會輕易接受她的渴望。如果她是個男人、是個西方人，她能媲美偉大的李奧納多·達文西；達文西的飛行機器在某個夏天曾在蘇萊曼的宮廷蔚為話題……

所以我教了她數學，她如獲至寶；還有天文學和許多語言。她偷偷地向我學習，還學會寫詩；我們寫了一首描述示巴女王去旅行的史詩。另外還有歷史，我教她土耳其和羅馬帝國的歷史、神聖羅馬帝國的歷史。我買了用很多語言寫成的小說給她，還有哲學專著，包括康德、笛卡兒和萊布尼茲——」

「等等，」吉莉安說，「是她許願要你教她這些事嗎？」

「不算是。」精靈說，「她想變得睿智並飽讀詩書，而我正好認識示巴女王，還有怎麼成為一個睿智的女子……」

「她為何不許願**離開那裡**？」吉莉安問。

「我建議不要。我說除非她很了解自己想去哪裡、何時去，不然願望一定會出錯。我說不用急——」

「你喜歡教她。」

「少有像妳這麼聰明的人類，」精靈說，「還不光是聰明。」他陷入深思。

「我也教了她其他事。」他繼續，「不是一開始。起初我會帶好幾袋書、文件和著作飛進去，接著把書暫時藏進她收藏的瓶子裡，這樣她總是能從紅色玻璃香水瓶裡喚出亞里斯多德的著作，或是從綠淚瓶裡找到歐幾里得，不需要我重新變出書來……」

「所以那能算是願望嗎？」吉莉安嚴厲地質問。

「不太算。」精靈的語氣閃躲，「我教了她幾種魔法技巧……好幫助她……因為我愛她……」

「你愛她——」

「我愛她的脾氣。我愛我有力量能把她的愁眉苦臉變成笑容。她丈夫從沒教給她的東西，我傳授給她，讓她能享受自己的身體，而不需要臣服於誰，也不必打擾那個蠢男人。」

「你不急著要她逃走，讓她去別的地方用她新的能力——」

「不，我們很開心。我喜歡當老師，這對精靈來說很不尋常——我們天生喜歡欺騙和誤導你們人類。但你們很少有人像季斐兒一樣求知若渴，而我正好有用不完的時間——」

「**她**沒有求知若渴。」吉莉安說。她也想對這段故事感同身受，但精靈的一廂情願似乎遮蔽了真實。看著精靈一想到女子就流露出夢幻般的微笑，她不禁怨恨起這位早已離世的土耳其天才。但她也為季斐兒感到擔憂，因為精靈既身為解放者，又想當個囚禁者。

「我知道，」精靈說，「她是凡人，我知道。現在是什麼年分？」

「一九九一年。」

「如果她還活著，就已經一百六十四歲了；我們的孩子也已經一百四十歲，但這種孩子不可能出現。」

「孩子？」

「火與塵之子。我本打算帶他飛越世界，看看大江大海，都市叢林。他會是個絕世天才——也許吧，我甚至不曉得他有沒有出生。」

「或是她。」

「或是個女生，沒錯。」

「發生了什麼事？她**到底有沒有**許願？你有讓她不再被囚禁嗎？你怎麼會出現在我的夜鶯之眼裡？我不懂。」

「她是個非常聰明的女人，就像妳一樣，橘里安，她也清楚自己該耐心等待。接著，我想……我知道，她開始希望……渴望我能和她在一起。在她的小房間裡，我們擁有全世界。我會從全世界買東西回來——綾羅綢緞，甘蔗木瓜，綠色冰糕，多那太羅的柏修斯雕塑[96]，一籠子的鸚鵡，甚至瀑布和河流。有一天，她出其不意地許下願望，希望當我去美洲時她能和我一同飛翔。說完她懊悔得緘默不語，還差點用第二個願望解除第一個願望。但我用手指輕覆她的唇，她立刻就明白我的用意。我親吻她，兩人就飛到巴西，再前往巴拉圭，看亞馬

96. 編按：柏修斯（Perseus），希臘神話中的英雄，手持剛斬下的梅杜莎頭顱。多那太羅（Donatello），義大利文藝復興早期重要雕塑家，著名作品有《大衛》等。然而雕塑作品《柏修斯》應出自切利尼（Benvenuto Cellini），同為義大利文藝復興時期的雕塑家。此處應為誤用。

遜河如同海洋般廣大，看森林裡的野獸徜徉無人之境。我的翅膀罩著她，她如此幸福，溫暖了我的心。這時我們發現，這裡竟有其他身披羽衣的精靈，我們在森林的樹頂上碰上他們。最後我帶她回到她的房間，她心中盡是喜悅與失望，就這樣昏了過去。」

他再度停了下來。佩赫特博士正品嘗土耳其軟糖，鼓勵他繼續說。

「所以她還有兩個願望，也懷孕了。她很開心她懷孕嗎？」

「當然了，她很高興自己懷上魔法孩子，但另一方面，她自然也很害怕。她說，或許她該許願找個魔法宮殿，讓她能被藏起來安安全全養大孩子——但那不是她想要的生活。她說，她甚至不確定自己想不想要孩子，還差點許願讓他消失——」

「但你還是救了寶寶。」

「我愛她，而那生命是我的孩子。他還是個小種子，有如瓶中一縷逗點般的煙霧，我看著他一天天長大。我想她是愛我的，不會許願要那小子消失。」

「也可能是女的，你能看出性別嗎？」

他思索片刻。「不，我沒看出來。我想是兒子吧。」

「但你沒有看到他出生。」

「我們會吵架，很常吵。我告訴過妳，她是個憤怒的人，天生如此。她就像一陣措手不及的驟雨，像一道驚雷。她狠狠地罵了我，說我毀了她的人生。她經常這樣說，後來我們又會繼續玩在一起，我會縮小然後躲起來讓她來找。

有一天，為了逗她開心，我躲進一只新的夜鶯之眼瓶裡，那是她丈夫給她的。我優雅地飛入瓶中，蜷曲起來，她卻忽然哭了起來，憤恨地說：『我希望我忘了自己曾見過你。』那一瞬間，她就忘了我。」

「但是……」佩赫特博士說。

「但是？」精靈說。

「但你為什麼不從瓶裡飛出來就好了？所羅門又沒有封印那只瓶子——」

「我之前因為好玩教過她幾種封印咒語；我覺得受制於她很有趣，她也喜歡擁有力量。有些人類喜歡用繩索玩這種權力遊戲；而對我來說，躲在瓶子裡，有時（**少數**時候）跟在女人身體裡很像。有時痛楚和愉悅難以區分。我們不會死，但縮小進瓶罐裡的時候，也會害怕自已滅亡而感到顫慄，就像人類欲仙時仿若欲死。在瓶中化為烏有的感覺，有點類似我把種子注入她體內一般。當我把咒語教給她，我就把這當成一種賭注——就像賭俄羅斯輪盤。」精靈似乎憑空想出這些出乎意料的字眼。

「所以我進到瓶子裡，她則在外頭，忘了我。」他把話說完。

「現在呢，」精靈說，「我把我的囚禁史告訴妳了，妳也得把妳的過往告訴我。」

「我是個老師，在大學教書。之前結過婚，現在重獲自由。我搭飛機環遊世界，然後講述說故事的技巧。」

「把妳的故事告訴我吧。」

佩赫特博士感到一陣驚慌。她覺得自己身上沒有故事，沒有任何故事能讓眼前這名滿心好奇、絕頂聰明的熱血精靈產生興趣。她無法告訴他，自從季斐兒不小心許願把他遺忘在夜鶯之眼玻璃瓶後，西方世界的歷史發生了多大的變化；而若不知道那一連串的歷史奇蹟，他又該怎麼理解她呢？

他把一隻大手擺在她裹著毛巾的肩膀上。即便隔著毛巾，也能感受到他的手溫熱而乾燥。

「任何事都可以。」精靈說。

她開始講起自己在昆布蘭一所寄宿學校的事。那間學校全是女生，到處都是一群群講八卦的女孩團體。她告訴他這些，可能因為她彷彿在一八五〇年的女生宿舍裡看到了季斐兒。她說，宿舍裡滿是別人睡覺的鼻息，令人恐懼。博士告訴精靈，自己天生是個**獨來獨往**的人。而自己在這段囚禁期間，偷偷寫了一本書，那是她的第一本書，講一位名叫朱利安的年輕男子的故事。朱利安想躲起來，便偽裝成一個叫朱利安妮的女孩。她告訴精靈，朱利安應該是在躲避刺客或綁匪，但過了那麼久她已經記不清了。她的音量逐漸降低，精靈顯得不耐煩。

「所以朱利安喜歡女人嗎？」佩赫特博士說不，她認為當時自己會寫下那篇故事只是因為空虛，她需要想像出一個男孩，一個男人，一個外人。

精靈問：「故事後來怎麼發展？還有妳不能找個真正的男孩或男

人嗎？妳後來怎麼解決這個問題？」

佩赫特博士說：「我解決不了。我也知道那些文字很蠢，但我寫了很多細節，充滿真實感，包括他的內衣褲，他體育成績不好。我放進那麼多寫實元素，其實只是我慾望的吶喊；這慾望沒有來由，只是讓我的故事變得更蠢了。我現在明白，它只是場鬧劇或一種寓言，我寫下的其實是我的熱情與困境，只是用逼真的情節構成。

後來我把那本書丟進學校的焚化爐燒了。我的想像力失敗了。什麼是寫實主義、現實跟真實？我被困在沒必要的事物裡，我的想像力並沒有讓我解脫。當然有可能因為朱利安或朱利安妮這個荒誕的人物，我成為了敘事學家，而沒去創作小說。我試著想像出他來——當所有英格蘭人的髮型都是往後梳的短油頭時，他蓄著一頭黑色長髮。但他還是不存在，幾乎不存在。也不完全是這樣，他有時具有存在感，就像個幽靈。你懂這種感覺嗎？」

「不太懂。」精靈說，「他是種發散物質，就像那個妳不願意收的貝克小人一樣。」

「只有存在感的發散物質。」她停頓一下，「在我更年輕的時候，曾有個真正的男孩。」

「妳的初戀。」

「不，不，不是血肉之軀。他是一個金色男孩，無論我去哪，他都會走在我身邊。他會坐在我旁邊，夜裡躺在我身邊；他會和我一起唱歌，也在我的夢裡漫步。當我頭痛或想吐，他就會消失；但在我氣喘到動彈不得的時候，他總會出現。他的名字是塔德奇歐[97]，我不知道我是怎麼知道的，他有一天就隨著這個名字出現，一抬頭我就看見了他。他會跟我說故事，用只有我們倆使用的語言。有天我找到一首詩，詩裡描述了和他相處的感受。在此之前我不曉得還有別人會懂，直到我讀了那首詩。」

「我知道那種東西⋯⋯」精靈說，「季斐兒認識一個。她說他總是有點透明，但會依他自己的意志移動，而不是任她擺布。告訴我那首詩吧。」

當我才十三歲

我進入金色地區，

97. 譯注：塔德奇歐（Tad-zio），在亞蘭語（Aramaic）中代表「心」。

欽博拉索山，科托帕希峰[98]
牽起我的手。

我的父親已死，我的兄長亦然，
他們如同夢境般飛逝，
我站在波波卡特佩特火山[99]
在陽光下閃耀。

我微微聽見主人的嗓音，
以及遠方男孩的玩耍聲，
欽博拉索山，科托帕希峰，
已將我偷走。

我走在金色大夢裡，
往返於學校——
閃亮的波波卡特佩特火山

98. 譯注：這兩座山皆屬於厄瓜多境內安地斯山脈的一部分。欽博拉索山（Chimborazo），厄瓜多最高峰，海拔六千二百六十三公尺。科托帕希峰（Cotopaxi），厄瓜多最知名的活火山，也是世界上最高的活火山之一，海拔五千八百九十七公尺。

99. 譯注：波波卡特佩特火山（Popocatépetl），墨西哥境內第二高山，世界上最活躍的火山之一。

滿布塵埃的街道是主宰。

我和金黑色男孩走回家
而我一語不發，
欽博拉索山，科托帕希峰
已奪走了我的話語；

我著迷地盯著他的臉
那張臉比任何花朵都俊美——
噢，閃亮的波波卡特佩特火山
這是汝的魔法時刻；

房屋，人們，交通
在白晝宛如淡去的夢境，
欽博拉索山，科托帕希峰
它們已偷走了我的靈魂。

「我喜歡那首詩[100]。」佩赫特博士說，「它有兩個關鍵：名稱和金色男孩。裡面出現的名稱並不是男孩的名字，而是一種語言之美，而男孩就是語言之美本身——他比現實更真實，就像以弗所的女神比我更真實一樣。」

「而我在這裡。」精靈說。

「沒錯。」佩赫特博士說，「毋庸置疑。」

四下一片靜默。精靈把話題轉回佩赫特博士的丈夫、孩子、她的房子和父母。儘管這些人現在對她或精靈而言，都無足輕重，但她的回答總是生硬呆板，彷彿這些人沒有生命、失去色彩。她對精靈說：我丈夫和愛蜜琳·波爾特去馬約卡島，然後決定不回來了，我也覺得慶幸。精靈問起佩赫特先生長什麼樣子、愛蜜琳·波爾特漂不漂亮，也只得到空洞而無趣的答案。

精靈生氣地說：「妳嘴裡的人根本像個蠟像。」

「我不想去想他們。」

「很明顯。告訴我妳自己的事情吧——妳從沒告訴過別人的事。妳

100. 編按：本詩為〈*The Great Lover*〉，出自二十世紀初英格蘭著名詩人魯伯特·布魯克（Rupert Brooke），收錄於詩集《*1914 and Other Poems*》。

在夜深人靜從沒向任何情人講過、從沒跟任何朋友促膝長談過的事；是妳留起來要講給我聽的事。」

她腦海中立刻浮現畫面，但那實在微不足道。

「告訴我。」精靈說。

「那不重要。」

「告訴我。」

「有一次，我當了伴娘。我大學某個好朋友想辦一場白色的婚禮，要有白紗、鮮花、管風琴，但她已經先開心地和她的男人同居了。他們睡在一起，她說她幸福美滿，我也這麼相信。她在大學是那種無堅不摧的女生——能力很強，也有性經驗。在我的年代，那很不尋常——」

「女人總會找到方法——」

「別把話說得像《一千零一夜》一樣，我現在講的很重要。她的身體充滿魅力，也擁有快樂的能力，那時我們女生大多都無法如此。那時，年輕女孩要傷春悲秋才趕得上流行；年輕男生可能也是這樣。我們那一代人，沒結婚、變成老處女是可恥的事，即使我們都很聰明；

像季斐兒、我朋友和我，我們都求知若渴，都是學者。」

「的確，如果季斐兒能當個哲學老師應該會很開心。」精靈說，「那個時候，我們倆都想不出她能做什麼。」

「我朋友——就叫她蘇珊娜吧。這不是她的名字，但我得找個名字才行。我以前總覺得蘇珊娜住在那種又大又漂亮的房子裡，家裡擺滿美麗的東西。但當我為了婚禮去到她家，就發現她家和我家很像，像個小盒子，然後那一整排房子都很像；家裡有張長椅，絨布三件套——」

「絨布三件套？」精靈問，「這是什麼可怕的東西，讓妳的眉頭皺成那樣？」

「我知道跟你說明我的世界沒什麼幫助。對那間房間來說，那種家具太大也太重了，他讓**所有東西都變得沉重**；它是椅子，是沙發，擺在米色地毯上，地毯上還有小花圖案——」

「沙發……」精靈複誦，並認出一個字，「地毯。」

「你不知道我在說什麼，我根本不該說這些。所有英國故事都很在乎家具有沒有符合社會的審美，而她家的家具並不漂亮，至少當年我是這樣想的。但現在每件事都有趣起來，因為我正在過自己的生活。」

「別讓自己心煩。妳不喜歡那棟房子，房子很小，裡頭的絨布三件套卻很大，我懂。告訴我婚禮的事吧，這個故事重點在結婚，不是椅子和沙發。」

「也不完全是。婚禮進行得很順利。她穿了一件漂亮的禮服，就像故事裡的公主——當時還流行公主一樣的婚紗。我也有件公主婚紗，土耳其藍和銀色塔夫綢，桃心領。蘇珊娜的是好幾層網紗裙，裙面上有絲綢和白色蕾絲；頭紗好大一大片，頭髮還插著真花，小玫瑰花苞。她小小的臥房根本放不下這些漂亮東西。她床頭燈上畫著吃胡蘿蔔的彼得兔，然後擺滿亮晶晶的絲綢什麼的。那天，她看起來明豔動人，彷彿來自別的世界。而我戴了一頂適合我的寬邊大帽。我猜你能想像出禮服長什麼樣子，但沒辦法想像那棟房子和那個地方。」

「如果妳覺得我想像不出來，」精靈禮貌地問，「為什麼要告訴我這個故事？我不相信妳沒跟別人提過這件事。」

「婚禮前一晚，」吉莉安．佩赫特繼續，「我們一起在她父母的小浴室裡洗澡。磁磚上畫著魚，魚鰭拖得老長，還有水靈靈的卡通大眼睛——」

「卡通？」

「迪士尼。那不重要，就是像漫畫的眼睛。」

「像漫畫的磁磚？」

「不重要。我們沒有一起泡澡，但有一起洗身體。」

「然後……」精靈說，「她跟妳做愛。」

「沒有。」佩赫特博士說，「她沒這樣做。我看著自己；起初我看著鏡子裡的自己，接著我低頭看自己。然後我看向她——她白得像珍珠一樣，我比較接近金黃色。她柔軟又甜美——」

「妳不也是嗎？」

「我那時很完美。那是女孩時期的盡頭，也就是在我變成成年女性之前。我真的很完美。」

她記得那天，看著自己嬌小的乳房隆起，曲線優美，肚子溫暖、平坦而緊實，雙腿與腳踝修長纖細，而她的腰……她的腰……

「她說：『男人會為妳發狂。』」吉莉安．佩赫特說，「我心裡也從來沒這麼驕傲過，我全身金光閃閃。」她用輕蔑的英式口吻說，「郊區浴室裡的兩個女孩。」

精靈說：「但當我改變妳的時候，妳並沒有變成那種模樣。現在的妳很不錯，外型優美又吸引人，但並不完美。」

「那個時候的身體很恐怖，我嚇壞了。感覺就像是……」她思索出完全出乎意料的字眼，「就像一個武器，一把我沒辦法控制的利劍。」

「噢，對，」精靈說，「如同大軍壓境般嚇人。」

「那身體不屬於我。我很想要愛它——愛我自己。它很美，但並不真實。我的意思是，它就在**那裡**，千真萬確存在，但我內心清楚它不會永遠維持下去——它會產生變化。我欠它。我欠它……」她繼續說下去，一面思索自己從未深思過的感受。「我欠它……某種恰當的行為，但我卻沒能做到。」她嘆了口氣，「我的存在屬於心靈，而不屬於身體，精靈。我能照顧自己的心。儘管發生了這麼多事，我還是把自己的心照顧得很好。」

「這故事就這樣結束了嗎？」精靈沉默半晌後說，「妳的故事很奇怪，內容總是輕描淡寫，最後逐漸消散，沒有形體。」

「我的文化就是這樣，或曾是這樣。但不，那並不是結局，還有一點細節。早上，蘇珊娜的父親把早餐送來床上給我。有一顆水煮蛋罩著羊毛保溫罩，一壺茶擺在銀盤上，茶壺上蓋著小房子形狀的羊毛保溫罩；還有吐司擺在吐司架上，奶油碟，全都擺在支架可以摺疊的小托盤上，那種老太太在家裡會有的托盤。」

「妳不喜歡……那個茶壺上的東西嗎？妳挑剔的審美又開始反感了嗎？」

「她爸爸忽然靠向我，把睡衣從我的肩頭扯下，雙手擺在我完美的胸部上。」實際年齡五十五歲、但現在看起來像三十二歲的佩赫特博士說，「他把他悲傷的臉塞到我的乳房間——他戴著眼鏡，鏡片上蒸氣瀰漫，還被撞到一旁。他豎起的小八字鬍像蜈蚣一樣爬過我的皮膚。他在**聞**我的胸部，只說了一句：『我受不了了。』還用身體磨蹭我的床罩。我只能模模糊糊地想著，那床罩是淡綠色的人造絲。他對我的乳房又吸又扭又捏，接著打開托盤的支架，把它擺到我腿上，就走了——他去送他女兒出嫁，表現得莊重而迷人。我覺得很噁心，覺得我真該責怪自己的身體。就好像是因為它，」她語氣清晰地說，「才引來他爸的嗅聞、汗水，還有三件套沙發跟人造絲還有茶壺罩——」

「這就是妳故事的結局嗎？」精靈說。

「在我的國家，說書人就會在這裡結束一段故事。」

「真奇怪。妳碰到了**我**，竟然還要求要三十二歲女人的身體。」

「不是這樣。我要求的模樣是我上次**喜歡**它的時候。以前我不喜歡我的身體。我有點崇拜它，但它讓我害怕——而現在這副是**我**的身體，我覺得它很舒服，也不介意看它——」

「就像陶匠在完美的陶罐上特意加上瑕疵。」

「也許吧，如果生活算是瑕疵的話。也確實沒錯，當時那女孩的無知對她來說是種負擔。」

「所以妳現在知道該許什麼願了嗎？」

「啊，你急著想脫身。」

「恰好相反，我舒服自在，也很好奇。我有大把大把的時間。」

「目前我想要的一切我都有了。我一直在想示巴女王，那個所有女人都想要的東西是什麼。容我告訴你我在那個電視盒子裡看到的，衣索比亞女人的故事。」

「我洗耳恭聽。」精靈說。他躺在床單上並稍微縮小，好讓自己能完全躺平。「跟我說，妳可以用這個盒子隨意看到世上所有地方嗎？也能看到瑪瑙斯[101]或喀土穆[102]？」

「不完全是這樣，但有部分是對的。比方說，網球賽的直播現場在蒙地卡羅舉行——當我們能看到同步發生的事情，就叫它『直播』。但我們也能製造影像或故事，再『重播』給自己看。我要講的衣索比亞女人是故事的一部分，我們叫它『電影』，這部電影是由慈善組織『拯救孩童基金』所拍攝的。組織提供食物給衣索比亞某個村莊，當地發生了乾旱跟饑荒。這些食物是特別要給小孩子，好讓他們撐過冬天。他們送來食物的時候，就拍下村民、酋長和長老，還有玩耍的孩童。半年後，研究人員回去看孩童們，並測量他們的體重，看看他們提供的食物對小朋友有什麼幫助。」

「衣索比亞是個由強悍的人民組成的強悍國家。」精靈說，「美麗而駭人。結果妳在盒子裡看到了什麼？」

「援助志工非常生氣，他們又氣又急。酋長原本答應只把食物發給有幼小孩童的家庭，這個計畫就是要幫助跟研究這些孩子。『計畫』是指——」

101. 編按：瑪瑙斯（Manaus），巴西亞馬遜的首府。
102. 編按：喀土穆（Khartoum），蘇丹共和國的首都。

「我知道，我在我的時代就見過做計畫的人。」

「但酋長並沒有照要求來，他不想只提供食物給某些家庭；而只給孩子食物而不給大人，也違背了所有人的信念。因為成人能到田裡幹活，不過前提是田裡能長出作物。這麼一來，分給每個人的食物都太少了，所有人都瘦了，有些小孩還死了——我想，是很多小孩死了。其他小朋友也病得很重，因為他們沒有得到食物。

這些志工，也就是救援人員，來自美國和歐洲的慈善人士，都感到憤怒又難過。後來攝影師（製作影片的人）和有吃食物的人去田裡下地耕作，祈求雨水能落下。當人們拔起幼苗，讓攝影師和工作人員看，才發現幼苗的根部已經被一群鋸蠅啃食，不會有任何收成。那些人站在田裡，抓著瀕死的短小幼苗，心中陷入徹底絕望。他們毫無希望，也不曉得該怎麼做。你要知道，我們就在那盒子裡看著大批人群挨餓。眼前的景象使我們動容，所以人們去到那裡，把食物送過去。

接下來，攝影機進入一間小屋，黑暗中有四個世代的女性：祖母、母親與帶著嬰兒的年輕女孩。母親用木棍攪動火堆上的鍋子，裡頭的東西看起來像是很稀的湯。祖母坐在靠牆的某種床上，牆面便是小房子屋頂的延伸；那房子看起來是圓錐形的。她們都很纖瘦，但還沒有面臨死亡。她們還沒放棄，眼神也尚未變得空洞，肌肉也還沒鬆弛殆盡。她們仍是美麗的人民。這族的人面容修長，顴骨突出，動作也保有尊嚴——至少我這樣的西方人會解讀為尊嚴，她們抬頭挺胸。

接著一行人訪問了老婦。我記得一部分內容，因為她很美，某部分也歸功於攝影師的技巧（對方可能也是女的）。老婦顯得消瘦但並不尷尬，她把一隻長臂彎過頭頂，在長椅上伸長雙腿。攝影師讓那雙腿顯得端正，彷彿她用自己的四肢框住自己。她從自己的軀體**構成**的空間裡開口，雙眼如同黑色的窟窿，面容十分狹長。她就像用身體構成了盒子的四邊。他們在螢幕上放上英文字幕，翻譯出她說的話。她說這裡再也沒有食物了，小女孩也要挨餓；沒有牛奶，什麼食物都沒有。她用單調的語氣說：『因為我是女人，我沒辦法離開這。我得坐在這裡，等待我的命運降臨。真希望我不是女人，我就能出去做點事……』外頭的男人正絕望地在犁溝裡踢起乾燥的塵土和短短的幼苗。

我也不曉得為什麼要告訴你這個，但我現在要告訴你別的事。之前有人要我對著聖索菲亞裡面的某根柱子許願。在我有辦法阻止自己前（那不是根好柱子），我就許下了自己孩提時的願望。」

「妳希望自己不是女人。」

「有三個戴頭紗的女人對我發笑，把我的手塞進那個洞裡。」

「我想，或許那就是示巴女王告訴所羅門的，所有女人想要的東西。」精靈露出微笑。

「不是那個，那不是示巴女王的答案，不太一樣。」吉利安問，「你要把示巴女王的答案告訴我嗎？」

「如果妳想知道的話。」

「我希望——噢，不，不，我的願望不是這個。」

吉莉安．佩赫特看著床上的精靈。在他們坐下互相講故事的時候，傍晚隨之降臨。某種光芒灑落在他青金色的皮膚上，反射出如同拜占庭馬賽克的光澤，那種馬賽克上排布著寶石，不同的角度便會散發不同光線。他的羽飾上下起伏，彷彿正在呼吸，銀色與暗紅，暖橘與檸檬黃，寶石藍與翡翠綠。她想，他有種微微的硫磺味，還有檀香味，以及某種苦味——儘管她沒聞過沒藥，卻覺得可能是沒藥的味道。她頓時想起《聖誕頌歌》[103]中的國王：

103. 編按：《聖誕頌歌》（*The Christmas Carol*），查爾斯．狄更斯的聖誕系列小作品。又譯作《小氣財神》。

沒藥屬於我，它苦澀的香氣
吐出一團生命的陰霾，
悲傷，嘆息，流血，瀕死，
封在冰冷的墳墓裡。

他的大腿外側顯得更綠，內側更柔軟、更金黃了。他以不太守禮節的方式脫下上衣，她能看到他的性器如同蜷起的蛇般蠢動。

「我希望，」佩赫特博士對精靈說，「我希望你能愛我。」

「妳太禮遇我了，」精靈說，「妳可能浪費了一個妳的願望，因為愛情可能原本就會萌芽。我們待在一起，分享生命中的故事，就像情人一樣。」

「愛，」吉莉安．佩赫特說，「需要慷慨。我發現自己嫉妒季斐兒，我從來沒嫉妒過任何人。我想要給你我的願望——這比我想給你什麼的感覺還要強烈。」她語焉不詳地說。精靈的大眼如同寶石閃耀綠色光輝，他打量著她，石雕般的嘴巴露出一抹微笑。

「妳付出並同時為之束縛，」精靈說，「就跟所有情人一樣。妳獻出自己，這是英勇之舉，我想妳從沒做過這種事。我也覺得妳非常討人喜歡，來吧。」

佩赫特博士連一根肌肉都沒動，就發現自己赤身裸體躺在床上，倒在精靈懷裡。

她深深記住他們的做愛過程，回憶烙印在每一根神經，卻又無法言喻。無論如何，她無法向任何人描述和精靈做愛的過程。每一次做愛都像在變形——男體如同一棵樹木、一根柱子般伸展，女子則在她狹窄的體內感受無限。而精靈能延長時空中的任何事物，吉莉安彷彿像隻海豚在他體內遨遊，有如優游於無盡的綠海之中直到永遠。接著她又變得像山底拱起的隧道，讓他穿梭來去，奔騰不息；又像洞穴讓他如蟠龍般蜷曲而眠。在她愉悅而拱起的身軀上，他總能找到美妙之處，綻放歡愉。他會像一隻美妙的蝴蝶在她體內穿梭，用炙熱到近乎灼燒般的吻輕撫她的身體各處，接著再次成為一道交疊的風景。她在其中休息復又迷失，而他再度找到她，用他的大手掌握住她。隨著一聲嘆息他收縮自己，環抱雙乳，腹部相貼，男女相擁。他汗水如煙，如蜂群般低沉呻吟。而她感覺自己的肌膚如著火一般，卻沒有遭火舌吞噬。

有次她嘗試告訴精靈，馬維爾[104]筆下的情人並沒有「世界夠大，時間夠多」，她卻只能在他綠色的耳邊低語另一段詩句：「我們植物般的愛情將不斷生長／比帝國還要遼闊，還要悠長。」精靈面露微笑複誦，再把詩的節奏以身體力行，創造歡愉。

之後她陷入沉睡。再甦醒時發現自己孤身一人，枕著枕頭，穿著漂亮的睡衣。她哀傷地起身去浴室，夜鶯之眼瓶仍擺在裡頭，她的指痕也還殘留在它潮濕的表面。她悲傷地觸碰瓶身，撫摸白色的螺旋。她想：我做了個夢——結果精靈就此現身，如同電視機裡的衣索比亞女子般屈身鑽進浴室，一面努力調整他的尺寸。

「我以為——」

「我知道。但如妳所見，我就在這。」

「你要跟我一起來英格蘭嗎？」

「如果妳要求，我就得照辦。但我也想那樣做，我想看看當今世界

104. 譯注：安德魯·馬維爾（Andrew Marvell），十七世紀英國詩人。以下兩句詩句皆出自〈致羞怯的情人〉（*To His Coy Mistress*）。「世界夠大，時間夠多」的完整句子應為：「如果我們的世界夠大，時間夠多／小姐，這樣的羞怯就算不上罪過。」指的是假如兩人有無限的時間，那麼愛情可以等待，但現實是時間有限，他們唯有趁現在去愛。

長什麼樣子，也想看看妳住的地方，不過妳沒把它形容得很有趣。」

「如果你在那，就會變有趣了。」

但她開始害怕。

就這樣，一名敘事學家、一位精靈連同玻璃瓶一起回到英格蘭。他們搭乘英國航空回國，瓶子包著氣泡膜裝在袋子裡，擺在吉莉安・佩赫特腳邊。

當他們回國，佩赫特博士便發現自己對阿提米絲之杜許的願成真了。那時她在兩個萊拉之間許願，現在便收到一封信要她在秋天去多倫多發表演說，願意出商務艙機票和仙境飯店的住宿費。而那間飯店真的有游泳池，藍色水池被罩在玻璃圓頂下，位於安大略湖岸邊的六十四樓高。

多倫多的天氣冷冽而晴朗，佩赫特博士住進飯店房間，裡面品味優異，以暖色調迎接寒冬。房間由栗子色、棕色與琥珀色組成，再以赤紅點綴。旅館房間總讓人感覺不真實，彷彿魔術師的舞台布景——牆壁是光禿禿的水泥方盒，上面覆蓋層厚厚的白色石膏，如同蛋糕上的糖霜。長桿與掛鉤被螺絲固定在牆，上頭掛著柔軟的錦緞與薄紗。鑲金邊的鏡子與燭台讓人產生富麗堂皇的幻覺，但這所有東西都能在一瞬間消失，被其他色彩與質地取代——鉻金取代黃銅，紫色取代琥珀，白點平紋細布取代金色錦緞。這種一塵不染的臨時感，也是飯店的魅力之一。

佩赫特博士從袋子裡取出夜鶯之眼瓶，打開栓子。人類大小的精靈隨即出現，他拍拍他的羽翼，讓它伸展開來。接著他飛到窗外看了看湖泊與城市，又回來要她跟他一起飛越廣大而冰冷的湖水。

整座城市到處都是行色匆匆的人影，他們不得不鑽過一個又一個行人。政客和明星，電視布道和吸塵器，移動的森林和旅行的沙漠，情色的屁股、嘴巴和肚臍，紫色絨毛恐龍和瘋狂的白色小狗——空氣中震盪的這一切都讓精靈感到悲傷，幾乎陷入抑鬱。他就像能孤身騎駱駝穿越沙漠、或騎著阿拉伯馬衝過草原的人，此刻卻要面對大量的電影明星、網球選手和喜劇演員，一刻不停，簡直像擠在盤旋在天上的波音客機，著急地等待降落。

他告訴佩赫特博士，《古蘭經》和《舊約聖經》禁止人們製作雕塑圖像。儘管這些東西不是雕塑，但也是圖像，他覺得它們像蝗災一樣。他告訴她，空氣中總是充斥著無形的事物。她的族類以前無法看到，現在也如此，但現在一切都要苦苦推開他才能行走。精靈說，天上的狀況就跟在瓶子裡一樣糟，我沒辦法展開我的翅膀。

「如果你徹底恢復自由，」佩赫特博士說，「你要去哪？」

「有個火焰國度，我們一族會在火焰裡玩耍……」

他們注視彼此。

「但我不想去。」精靈溫和地說，「我愛妳，我還有無限的時間。而這些喋喋不休的聲音，飛來飛去的臉孔，它們也很有趣。我學到了許多語言。我會說很多語言，仔細聽。」

他完美地模仿了唐老鴨，接著又對柯爾總理[105]誇大的德語做出精湛的模仿；隨後是電視戲偶的嗓音，然後是奇里．特．卡娜娃[106]令人吃驚的原音重現。這時，佩赫特博士的鄰居用力敲了敲隔間牆壁。

會議在多倫多大學舉辦，維多利亞哥德式的建築上爬滿藤蔓。這是場頗負盛名的會議，如果要用一個形容詞精確地描述此時此刻，那

105. 譯注：海爾穆．柯爾（Helmut Kohl），德國政治家，西德的末代總理。

106. 譯注：奇里．特．卡娜娃（Kiri Te Kanawa），紐西蘭女高音歌手。

麼她會從原本以為的「神奇」、「魔幻」，改為「大名鼎鼎」、「令人崇敬」、「極致尊榮」。法國敘事學家托多羅夫和吉奈特也都在場，還有各種東方學家，他們謹慎地提防西方的觀點是否失真。

吉莉安・佩赫特的演說主題是〈實現願望與敘事命運：實現願望作為敘述工具的部分面相〉。她熬夜寫完了稿子，她從來沒學會別在充滿壓力的最後一刻才完成講稿。她不是沒想到主題，她想過了，而且仔細思考了很久。眼前的夜鶯之眼瓶如同一幅聖像，藍白條紋相互纏繞直至瓶口。她望著自己強健秀美的新手指，撫摸著頁面，伸展舒適的腹部肌肉。

她試著精準陳述講稿，但當她開口，就感覺她的主題彷彿在手裡大力扭動起來，就像一隻想回到大海的魔法比目魚；像一只占卜杖用自身的能量指向大地，像一根避雷針因電力而在空中顫動。

她一如往常地試圖融入敘事，而這篇故事不知怎地漸漸脫離講稿。如果要重述她的所有論點，就會有點無趣，因為從開頭就能猜出她要講什麼。

107. 編按：薩邁拉（Samarra），伊拉克的一座城市，薩邁拉古城被列為世界遺產。

108. 譯注：拉斯寇尼科夫（Raskolnikov），俄國作家杜斯妥也夫斯基的小說《罪與罰》的主角。這裡講述的情節是拉斯寇尼科夫為了生計而殺人，事後他說服自己，如果犯罪是為了消除障礙，那麼就是正義的。

109. 譯注：喬治・艾略特（George Eliot），十九世紀英國小說家。

110. 譯注：萊德蓋特（Lydgate），艾略特所著小說《米德爾馬契》（*Middlemarch*）中的人物。萊德蓋特是名有抱負的青年，他來到米德爾馬契創立新醫院，並娶市長之女蘿薩蒙德（Rosamund）為妻。但婚後夫妻不睦，妻子又揮霍無度讓萊德蓋特備感壓力。最後萊德蓋特因無法實現

「童話故事中的角色，」吉莉安說，「都受制於命運，卻也會演繹出自己的命運。站在角色的立場，他們企圖用魔法來干涉、來改變這種命運，這也符合他們的人物特質。但這種魔法的干涉只會增強後面命運對他們的掌控，或許這只是因為他們身為凡人，最終仍會回歸塵土。這種敘事方式最明確、絕對的版本，就是關於薩邁拉[107]會面的故事——故事講述有個人碰到死神，死神告訴他當天晚上自己將會來找他，於是這個人逃到薩邁拉好躲避死神。結果死神對一名舊識說，他們的第一次見面可真奇怪，『因為我今晚要在薩邁拉和他碰面』。

近代的小說則都關乎選擇和動機。薩邁拉那種命中注定的結局，我們在拉斯寇尼科夫[108]『隨意的』謀殺行為上也可以看見，因為那是一種完全可以預期、傳統的復仇行為。另一方面，在喬治·艾略特[109]筆下的萊德蓋特[110]身上，我們不覺得他本性中的尋常之處，是同一種無可避免的命運。他也許能選擇不娶蘿薩蒙德，以免自己的財富和野心被摧毀。我們會覺得，當普魯斯特[111]決定對他所有的角色進行性別調換時，他是在用小說家的意志代替現實世界的命運；同理，當斯萬[112]為了一個他沒那麼喜歡的女子浪費多年生命後，他即時做出了選擇，這

抱負，五十歲去世。

111. 編按：普魯斯特（Marcel Proust），法國意識流作家，被評為二十世紀最有影響力的作家之一。此處應指其作品《追憶似水年華》（*In Search of Lost Time*）中，主角馬塞爾性別氣質陰柔，而妻子是同性戀等設定。

112. 編按：斯萬（Swann），同為《追憶似水年華》中的人物，

個選擇是他可以做的，而不是命中注定的。

當童話故事中的人物願望成真，我們會產生一種奇異的情感。我們既感受到自由易如反掌——我什麼都辦得到——又倔強地認為這不會改變任何事，因為命運是恆常不變的。

我想在這裡說一個故事，是一位土耳其的朋友告訴我的。土耳其的故事描述總是模糊而不確定：或許有發生，也可能沒有，從故事開頭就存在矛盾。」

她抬頭一看，托多羅夫英俊的身影旁，坐著一個穿羊皮夾克的男子。他看起來昏昏欲睡，大頭上滿頭白髮。這個人之前並不在那裡，白髮也有種奇怪的假髮感，還戴著藍色鏡片的眼鏡，看來這位新加入的人曾大費周章地喬裝打扮。吉莉安彷彿認出了他翹起的上唇，而當她這麼想，對方的嘴唇立刻在她面前變形，叛逆地變薄還噘起嘴。她看不到他的雙眼，而當她嘗試看清，他的鏡片就變得越發地藍，散發討人厭的光澤。

「在那個駱駝會飛越一家家屋頂的時代，」她開始說故事，「在那個魚群棲息在櫻桃樹上，孔雀像乾草堆一樣巨大的時代，有個漁夫，他身無分文，捕魚的運氣也不好。儘管他在水草豐美、水質清澈的大湖反覆撒網，卻一無所獲。他想再撈最後一次，如果還是什麼都沒捕到，他就要放棄這個害他挨餓的工作，去路邊乞討。於是他拋出漁網，網子變得沉重起來，他拉起了某個潮濕腐臭還在翻滾的東西，原來是隻死猴子。他想，至少不是一無所獲。於是他在沙地挖了個洞，埋葬猴子，再撒了最後一次網。這次網子也裝滿東西，在水底下翻騰，彷彿擁有自己的生命。他滿懷希望地收網，卻抓到第二隻猴子。一隻垂死的猴子，沒有牙齒，身上滿是病瘡與傷疤，還有一股和上一隻猴子相似的臭味。漁夫說：『唉啊，我可以把這隻動物整理整理，賣給某個街頭音樂家。』他感覺前途茫茫。

這時猴子對他說：『如果你讓我走，再撒一次網，就會抓到我的兄弟。這時你不要聽牠的請求，也不再繼續撒網，牠就會留在你身邊，然後滿足你的任何願望。當然了，這有個風險，總是會有風險的，但我不會告訴你風險是什麼。』

猴子的這一點點誠實吸引了漁夫，他不假思索便釋放了這隻瘦猴子，接著再度撒網。網子完美地拋飛、展開，這次漁夫也得用上全力才能把網子拖上岸。裡頭的確有隻猴子，這隻猴子又大又光亮，**閃閃發亮**。我朋友還告訴我，這隻猴子有個漂亮的屁股，融合了微妙的淺藍色和亮粉色，上頭布滿朱紅色的血管。」

她注視著那副寶藍色眼鏡，想確認她說得如何。眼鏡的主人簡潔地點了一下頭。

「這時新猴子說，如果漁夫願意釋放牠，再撒一次網，牠就會交出大筆寶藏、宮殿，還有一大批奴隸，變得衣食不愁。但漁夫記得那隻瘦猴子教他的，便對新猴子說：『我希望能有座蓋在湖畔的新房子，還要一隻駱駝，還想在新房子裡搞一場不大不小的饗宴，美食都已經上桌了。』

他許的願望立刻全部出現。漁夫也把一些美味的餐點分給兩隻猴子，牠們也享用了。

他是個聽過很多故事的漁夫，也善於分析，他認為願望帶來的危險，在於過度自信或急躁。他不希望自己生活在一個由黃金打造的世界裡，卻什麼也不能真正吃進嘴裡。他有種強烈的直覺，認為自己會一反常態地厭倦永遠美女如雲、雪酪美酒享用不盡的生活。於是他平靜地許下新的願望：商品滿滿的磁磚店鋪，一名懂磁磚又誠實的助理，一座有噴泉的雪松花園，一小間房子，還有一名女奴來服侍他的老母親；最後還有個小嬌妻，就像他母親會為他挑的那種人選，雖不是花容月貌，但溫和親切又惹人憐愛。他就像這樣，平靜地創造出故事之外更『幸福快樂』的和平世界，跟格林兄弟的比目魚或阿拉丁的精靈創造出的混亂世界截然不同。無人注意到他的好運，也沒人羨慕他或想搶劫他，因為他十分謹慎。如果他或他的嬌妻生病，他就會許願讓病痛消失；而如果有人對他說難聽的話語，他就會許願遺忘這件事，他也如願以償。

如果你問，那風險呢？

這就是風險。他漸漸注意到，每次他許願，閃亮的大猴子就會縮小一點（速度也變得越來越快）。起初只在這裡少一公分，那裡少一公分，接著牠變得越來越小，得坐在很多椅墊上才能用餐。最後，牠小到只能讓牠坐在餐桌上的小凳子，牠把玩著鹽罐裡一小塊乾酪。瘦猴子已經離開很久了，三不五時會再度回來，身體看起來大致康復，毛皮恢復正常，還有正常的藍屁股，沒有那麼目眩神迷。

漁夫對瘦猴子說：

『如果我許願要牠變大，會怎麼樣？』

『我不曉得，』猴子說，『意思是，我不會講的。』

晚上，漁夫聽到兩隻猴子在說話。瘦猴子把亮猴子擺在手上，悲傷地說：『你的狀況不太好，我可憐的兄弟。你很快就會消失了，什麼都不會剩下。看你這樣我真難過。』

『這是我的命運。』體型曾經很大的猴子說，『我注定會失去力量然後消失。有一天我會變得非常小，小到看不見，那個人就看不到我、沒辦法再許願了。我會成為和胡椒粒或沙礫一樣大的猴子奴隸。』

『我們都會化為塵土的。』瘦猴子簡潔地說。

『但沒想到會這麼快。』亮猴子說，『我盡力了，但還是一再被利用。太困難了，我希望我能死掉，但我自己的願望都不會實現。噢，好難，好難，好難。』

這時，內心善良的漁夫從床上起身，踏進兩隻猴子說話的那間房間，說：『我不小心到你們的談話，也為你們感到痛心。猴子呀，我能為你們做些什麼呢？』

猴子臉色陰沉地一起望著他，不發一語。

『我希望，』漁夫接著說，『如果可能的話，你們可以許下一個願望，許下你們真正想要的。』

說完，漁夫靜靜等著看會有什麼事發生。

兩隻猴子頓時消失，彷彿牠們從未存在。

不過，房子、妻子和興隆的生意並沒有消失。漁夫持續好好生活，只是現在他會和我們其他人一樣承受一般人的病痛——直到他過世那天。」

「在童話故事裡，」吉莉安說，「那些被實現的願望，只要是沒有惡意的、沒有被扭曲而帶來災難的，往往會進入一種美麗但停滯的狀態，跟命運的大戲相比，那種狀態更像個藝術品。就好像一個幸運兒離開了嚴峻的道路，踏入一片一成不變的風景中；那裡四季如春，毫無波瀾。阿拉丁的精靈給了他華麗的宮殿，而只要這座宮殿被命運擺弄，就會有魔法師劇烈移動宮殿，讓它變大變小或消失。但到了結尾，故事也陷入停滯：進入了「從此幸福快樂」、假的永恆時光。當我們想像幸福快樂的生活，我們就會想像出藝術品：好天氣時拍的全家福照；根茲巴羅[113]筆下的英格蘭草原，樹下的女子和她的孩子們；玻璃球裡羽毛風暴中的魔法城堡。奧斯卡・王爾德天才的地方就在於，他讓人類和藝術品交換了位置。永遠年輕的道林・格雷[114]露出永不改變的微笑，他的肖像畫則經歷了他可怕的命運，加速衰敗。

道林・格雷的故事，也是巴爾札克《驢皮記》[115]的故事，不斷變小的驢皮暫時擋住了命運的腳步。這些都是渴望永保青春的故事。我們現在的確有辦法可以延緩老化，我們有假牙、義肢、生長激素，我們有醫美和植髮；我們能把人類變成某種藝術品或人工製品。瓊・考琳絲[116]和芭芭拉・卡特蘭[117]肅穆而英氣十足的眼神，正是我們期望能獲得永恆的標誌。

我認為，猴子的故事跟西格蒙德・佛洛伊德對人生目標的觀察有異曲同工之妙。不管佛洛伊德在其他方面如何，他在研究人類的渴望、人類對幸福生活的追求上，都是位偉大的學者。他透過夢境研究我們的渴望，以及我們如何在夢裡實現心願。他認為我們會在夢中重

113. 譯注：湯瑪斯・根茲巴羅（Gainsborough），十八世紀英國肖像畫、風景畫家。曾為英國皇室繪製過許多作品。

114. 編按：道林・格雷（Dorian Gray），是愛爾蘭作家奧斯卡・王爾德（Oscar Wilde）《格雷的畫像》（*The Picture of Dorian Gray*）中的主角。格雷是一位俊美迷人的年輕男子。他的美貌引起了畫家巴索爾的注意，巴索爾便決定為他畫一幅肖像畫。畫像完成後，格雷渴望永遠維持畫中的年輕美麗，便許願希望畫像會變老，本人卻青春永駐。之後格雷過起放縱的生活，他的外貌雖永遠美麗，畫像卻承受他行為的後果，變得越來越醜陋。

115. 編按：《驢皮記》（*La Peau de chagrin*），是法國作家巴爾札克（Balzac）的一部小說，講述貧窮少年

新編排自己的故事，讓自己活得快樂，而每個夢都隱藏著一個人的需求。(他自稱不知道女人真正想要的是什麼，這種無知也影響並改變了他的故事。）後來，在一戰士兵們反覆做的死亡夢境中，他發現了一種夢境內容，那內容跟人們對幸福的渴望正好相反。他認為，這是一種人對毀滅的欲望。他重新思索了這世上自從有生命以來的歷史，最後得出結論。他發現人類所謂的『本能』，其實非常**保守**——面對刺激，本能的反應其實是『適應』，盡可能維持自己原本的狀態。『如果生命的目的，就是去到從未到達過的狀態，』佛洛伊德說，『那就與本能的保守本質相違背了。』他說：不，我們的欲望必然是回到事物**舊有**的狀態。有機體迂迴地努力想回到無機的狀態——塵土、石塊、土壤，回到它們的起源。『所有生命的目的都是死亡。』佛洛伊德在講述他的創造論時說：造物努力想回到生命被注入之前的狀態。也就是說，縮小的驢皮和變小的猴子，都不是伴隨生命出現的可怕副產物，而是生命本身的祕密渴望。」

這並不是她演講的全部，但此時她第二次看到寶藍色眼鏡閃出一

拉斐爾因緣際會獲得一塊神祕驢皮。驢皮可以實現持有者的願望，但每許一次願都會縮小一點，並縮短持有者的壽命。拉斐爾開始不斷用驢皮滿足自己的欲望。隨著時間過去，他的生活越來越複雜，逐漸失去控制。

116. 譯注：瓊．考琳絲（Joan Collins），英國著名演員。一九八〇年代因《朝代》一劇走紅。儘管年事已高卻依然以性感美麗、不老女神的姿態展現在大眾面前。

117. 譯注：芭芭拉．卡特蘭（Barbara Cartland），英國愛情小說家，二十世紀最暢銷的作家之一。生前總是濃妝豔抹、穿戴粉紅衣帽與華麗珠寶，成為羅曼史界的經典形象。

道光。

聽眾提出許多問題，吉莉安的論文也被視為成功，只是部分令人有些困惑。

當晚回到飯店房間後，她就質問精靈。

「你讓我的論文變得毫無邏輯。」她說，「這是一篇關於命運、死亡和欲望的論文，結果你加入了許願讓猴子獲得自由的橋段。」

「我看不出哪裡沒邏輯。」精靈說，「混亂宰制我們所有人。力量本來就會越來越少，無論是用在魔法上，或用在神經肌肉上。」

吉莉安說：「我準備好許第三個願了。」

「我洗耳恭聽。」精靈暫時把耳朵拉得像象耳一樣大，「表情別那麼可憐，橘里安，也可能不會成真。」

「這種話你從哪學來的？無所謂，我幾乎快以為你不想要我許願了。」

「不，不，我是妳的奴隸。」

「我希望，」吉莉安說，「我希望你能得到你想要的任何東西——我最後的願望，就是你的願望。」

她等待著雷聲，或更糟的狀況：一片靜默。但她只聽到玻璃碎裂的聲音。她看到玻璃梳妝台上的夜鶯之眼瓶如淚水般崩解。它沒有碎成尖銳的碎片，而是化為細小的鈷藍色彈珠，每顆小彈珠裡都有白色的螺旋圖案。

「謝謝妳。」精靈說。

「你會離開嗎？」敘事學家問。

「很快會走，」精靈說，「但不是現在，也不會立刻就走。記好了，妳許過願要我愛妳，我也的確愛妳。我會給妳點東西好想念我……直到我回來。我會經常回來——」

「希望你記得在我還活著時回來。」吉莉安．佩赫特說。

「希望如此。」精靈說。此刻，他的身體似乎包裹在藍色的液態火焰裡。

當晚他和她做愛，過程美妙得讓她立時想到，自己怎麼能讓他離開，卻又覺得自己竟然想把這樣一位神靈，留在櫻草花山、伊斯坦堡或多倫多的飯店裡。

隔天早上，他穿著牛仔褲與羊皮夾克出現，說他們要一起出門去找禮物。這次他的頭髮則是一堆髮辮，膚色偏向衣索比亞人，真令人不可置信。

在一條小巷的某家小店裡，他給她看一款她生平見過最美的現代紙鎮。這是個加拿大現代藝術品。他們的藝術家彷彿將如波的幾何形狀海洋，包裹在玻璃之中，只有在特定角度才能看見。當角度正確，海洋便如透明的彩虹，上頭閃耀金光。那些藝術家能將紅藍火焰永遠包覆在冰涼的玻璃球裡，或製作一個藍綠盤旋的朦朧圓錐，無限延伸直到碰到它自身的倒影。玻璃是由塵土、矽石和沙漠中的沙礫製成，把它們在炙熱的鍋爐中融化，再由人類吹製成固體的狀態。它是冰與火，液體與固體，存在也不存在。

精靈把一顆微微突起的大玻璃球放進佩赫特博士手中，球裡有緞帶般的彩色玻璃氣泡懸浮在更多氣泡之中，它如逗點，又像魚鉤、煙火、沉睡的胚胎、一縷縷彩色煙霧，或一群伸展開來的蛇。緞帶五顏六色——金色與黃色、淺藍與深藍、令人開心的淺粉、深紅和天鵝絨緣，顯得靈動熱鬧。「它們像一群種子在狂奔，」精靈充滿詩意地說，「充滿永恆的可能性，自然也包含不可能性。這是份藝術品，也是偉大的工藝品，更是個快樂的小東西，妳喜歡嗎？」

「噢，當然了，」佩赫特博士說，「我從來沒看過這麼多顏色擠在一起。」

「這個作品叫『元素之舞』。」精靈說，「我想那不是妳平常會取的名字，但應該很適合吧，不是嗎？」

「是的。」佩赫特博士回應。她感到悲傷，卻又感覺本該如此。

精靈看著粉紅色紙張包裹住紙鎮，再用彩紅色的信用卡付費，上頭有米洛的維納斯[118]的全像圖。刷卡機發出一陣滋滋聲。

精靈在人行道上說：「再見，這只是暫時的。」

「與元素同行吧。」佩赫特博士說，「自由離去，好好保重。」

自從她第一次在浴室門口看到他的怪物大腳，就想過某天要說這句話。她站在原地，手捧著玻璃紙鎮。精靈親吻她的手，面對安大略湖，如同一縷龐大的蜂群般消失無蹤。羊皮夾克被留在人行道上，它緩緩縮小，變成兒童尺寸，再變成娃娃尺寸、火柴盒尺寸，最後化成

118. 編按：米洛的維納斯（Venus de Milo），也被稱作「斷臂的維納斯」，著名古希臘雕像，於希臘米洛島發現，現收藏於法國巴黎羅浮宮。

幾顆原子，消失殆盡。他還留下了一團移動的髮辮，看起來就像某種怪異的豪豬。髮辮動了一下，跑了幾英呎便消失在排水口。

你可能會問，她還有再見到他嗎？也許這不是你心中最想知道的問題，但你只會得到這問題的答案。

兩年前，她正前往英屬哥倫比亞的敘事學家集會，並在紐約短暫停留。她看起來仍是三十五歲，也依然舒適宜人。那時她走在麥迪遜大道上，看到一個滿是紙鎮的櫥窗。裡面的作品和多倫多藝術家的不同，多倫多藝術家會使用純粹的色彩與質感，諸如緞帶、絲線、薄紗，以及暈染和錯視。與之相比這邊的作品純粹而傳統，但依然精湛：千花玻璃[119]、格子細工、王冠和拐杖，上頭還有玫瑰、紫羅蘭，或者蜥蜴、蝴蝶。佩赫特博士走進去，雙眼如玻璃般閃爍。漆黑的店舖裡有兩位迷人的老人，有如兩位愉快的男子住在璀璨閃耀的洞穴。他們花了半小時與大量耐心，為佩赫特博士從玻璃架上取下一個接一個的圓球，球體的反光照射在架子上。她欣賞纖細的白色玻璃籃，裡

119. 編按：千花玻璃（Millefiori），一種玻璃製作技法，工匠會將彩色玻璃棒加熱、拉伸，排列成花卉或幾何圖案。圖案再經過熔化與冷卻便成為有複雜圖案的彩色玻璃。

頭有矢車菊般的藍色花束，還鋪著幾何花朵圖案的彩色軟墊，就像新造的樂園般可愛迷人，明亮的光芒彷彿永不褪色，更不會消失於沉悶的空氣中。

佩赫特博士對兩名紳士說：「噢，**玻璃**，這不可能。它們就像固體的隱喻，既能觀賞，同時又能看穿。」佩赫特博士對兩人說，「這就是藝術。」老人則從那同樣既能觀賞也能看穿的架子上，努力取下紅色藍色綠色的明亮光球。

「我最喜歡幾何形狀的花朵。」佩赫特博士說，「這些花比寫實的花和實際的花朵更漂亮，你們不覺得嗎？」

「整體來說，」其中一人說，「整體來說，圖案會讓整體的效果更好，像這些有幾何圖形的玻璃和玻璃杖。那妳有看過這些嗎？這些是美國製的。」

他給了她一個紙鎮，裡頭有隻小蛇盤據在滿是浮萍的水面上——這條蛇的橄欖色蛇頭謹慎而放鬆，玻璃舌頭和極小的紅棕色眼珠閃爍著光芒。他又給了她另一個堅固的玻璃紙鎮，有如深井裡的水，上頭漂了朵花；鐘形的白花點綴著玫瑰色的花瓣，嫩綠花莖和修長的葉片在水中漂蕩。有條花根上甚至沾滿棕色液體與土壤；另一條花根上則生長著髮絲般纖細的小根、纖毛與細鬚，並探入玻璃中。它十分完美，這幻覺近乎完美。藝術家對鮮花細節的關注，精湛到讓不朽的人工花朵也顯得逼真無瑕。吉莉安想到吉爾伽美什，那朵得到復又失去的花朵，以及那條蛇。它們雙雙在此，懸浮於玻璃中。

她翻過紙鎮，隨即將它放下。價格實在太高了。

她無心地注意到，老人握著紙鎮的手背，有新的老人斑，顏色看起來像柔和的枯葉。

她對玻璃架後的男人說：「我恐怕——」

「妳想要這朵花，」她身後的嗓音開口，「還有裡頭的蛇，為什麼不呢？我買給妳。」

他站在她身後，這次穿著黑色大衣與白色圍巾，頭戴格外龐大的寬邊黑天鵝絨帽，還有寶藍色眼鏡。

「能再見到你真是又驚又喜呀，先生。」店主邊說邊伸出手，接下米洛的維納斯的彩虹信用卡。「你總讓我出乎意料，但我們永遠歡迎你，非常非常歡迎。」

佩赫特博士和金黑色男子連同蛇與花的紙鎮，走到外頭的麥迪遜大道上。世上有些東西以人手製作而成，但也有非出自人手的生靈，他們過著和我們不同的生活，活得也比我們久。在故事與夢中，或當我們漂浮而多餘時，他們會在特定時期與我們的生活交會。吉莉安・佩赫特十分開心，她又回到了他的世界，或至少有機會踏進其中，就像回到童年一般。

她對精靈說：「你會留下來嗎？」

他說：「不，但我或許會再度回來。」

她說：「希望你記得在我還活著時回來。」

「希望如此。」精靈說。

（全書完）

中英名詞對照表

Crones 老婦
Cumberland 昆布蘭
Cybele 希柏利

D

Danahsh 達納許
Daniel Deronda 《丹尼爾・德隆達》
Demeter 狄蜜特
Demetrius 德米特里
dervish 托缽僧
Die Bilder zur Bibel 《聖經繪圖》
Dionysus 戴歐尼修斯
djinn/djinee 精靈
Donatello 多那太羅
Dorian Gray 道林・格雷

E

eau-de-nil 尼羅河之水
edimmu 埃提姆
Edward Calvert 愛德華・卡爾維特
Emmerline Porter 愛蜜琳・波爾特
Enkidu 恩奇杜
Ephesus 以弗所
Ereshkigal 埃列什基伽勒
Eski Saray 舊皇宮
Essen 艾賽
Essenes 艾賽尼
Eva 伊娃

F

Fanny Price 芬妮・普萊斯
Faruk Nafiz Çamlıbel 法魯克・納費茲・卡姆利貝爾
Feyyaz 費亞茲
frame story 框架故事

G

Gainsborough 根茲巴羅
Gaius 蓋烏斯
Galicia 加利西亞
Genette 吉奈特
genie 魔神
George Eliot 喬治・艾略特
Gertrude 葛楚
ghazal 加札勒
Gideon Bible 基甸會《聖經》
Gilian Perholt 吉莉安・佩赫特
Göksu 《格克蘇河》
Golden Horn 金角灣
Grand Bazaar 大巴札
grand vizir 大維齊爾
Griseldis 葛莉賽迪絲
Grisilde 葛莉西德
Grisildis 葛莉西迪絲
Grissel 葛莉賽兒
Gülbahar 古巴哈

Gülten 古爾滕
Güzel Artemis 古札阿提米絲
Gwendolen Harleth 葛溫多琳・哈萊斯

H

H.J. Ford H・J・福特
Hacivat 哈西瓦特
Hag 老妖婆
Haghia Sophia 聖索菲亞
Halicarnassus 哈利卡那索斯
Harry 哈利
Heathrow 希斯洛機場
Helmut Kohl 柯爾
Henri Leconte 亨利・勒孔特
Herbert Marcuse 馬庫色
Hermione 埃爾米奧娜
homunculus 人造小人
Humbaba 胡姆巴巴
Hurrem 許蕾姆

I

Iblis 伊比利斯
Ibrahim 伊布拉辛
İç Bedesten 伊奇貝德斯坦
İncirköy 印瑟寇伊
Ishtar 伊絲塔
Izmir 伊茲密爾

J

Jack 傑克
Jane Austen 珍・奧斯汀
janissary 耶尼切爾軍團
Joan Collins 瓊・考琳絲
John Milton 約翰・米爾頓
John Turtle Wood 約翰・圖爾特・伍德
Julian 朱利安
Julien Sorel 朱利安・海爾
Julienne 朱利安妮
Justinian 查士丁尼

K

Karagöz 卡拉格茲
Katha Sarit Sagara, the Ocean of Story 《故事海》
Khalidan 卡里丹
Khartoum 喀土穆
King Shahriyar 山魯亞爾王
Kiri Te Kanawa 奇里・特・卡娜娃
Kösem 柯賽姆

L

La Belle Artémis 美人阿提米絲
La Peau de chagrin 《驢皮記》
la Rossa 紅女
Lady Chapel 聖母禮拜堂

P

Panaya Kapulu 潘納亞卡普盧
Pasolini 帕索里尼
Patient Griselda 耐心葛莉賽達
Paulina 寶琳娜
Pera Palas 佩拉宮酒店
Perdita 珀迪塔
peri 佩里
Peri Palas Hotel 佩里佩拉斯飯店
Persephone 波瑟芬
Perseus 柏修斯
Petrarch 佩脫拉克
Priam 普里阿摩斯
Primrose Hill 櫻草花山
Princess Budoor 布多公主
princess-line dress 公主婚紗

Q

Queen of Sheba 示巴女王

R

rakı 茴香酒
Raskolnikov 拉斯寇尼科夫
Ronald Regan 隆納·雷根
Rosamund 蘿薩蒙德
Roxelana 羅克賽拉娜
Royal Parks 御苑
Rustem Pasha 魯斯坦帕夏

S

Samarra 薩邁拉
Saskatchewan 薩斯喀徹溫
Save the Children Fund 拯救孩童基金
Scheherazade 雪赫拉沙德
Selim 賽利姆
Selim the Sot 酒鬼賽利姆
Seraglio Point 皇宮角
shah 沙阿
Shah Kaykavus 沙阿凱伊卡弗斯
Shah Tahmasp 沙阿塔赫瑪斯普
Shahnama 《列王紀》
Shahzaman 夏沙曼
shedu 舍杜
Shulamite 書拉密女
Siduri 西杜里
Simurgh 西摩格
Sinan 希南
Smyrna 士麥那
Solomon 所羅門
speedwell 婆婆納
St. Paul 聖保羅
St. Gregory Thaumaturgus 神行者貴格利
Suleiman the Magnificent 蘇萊曼大帝
Suleyman 蘇萊曼

Süleymaniye　蘇萊曼尼耶清真寺
Sultan Shahriman　沙里曼蘇丹
Susannah　蘇珊娜
Swann　史旺
Syria Dea　敘利亞迪亞

T

Tadzio　塔德奇歐
Tammuz　塔模斯
The Bacchae　《酒神的女信徒》
The Canterbury Tales　《坎特伯里故事集》
the Last House　終末之屋
The Thief of Baghdad　《月宮寶盒》
Todorov　托多羅夫
Topkapı Sarayı　托普卡匹皇宮
Toussaint　諸聖節
Tristram Shandy　《項狄傳》

U

Urshanabi　烏沙那畢
Uruk　烏魯克
Utnapishtim　烏特納匹什提姆
utukku　烏土庫

V

Valide Sultan　皇太后
Villette　《維萊特》

W

Walter　華特
Weeping Willow　《泣柳》

X

Xanadu Hotel　仙境飯店

Z

Zefir　季斐兒

BEST 嚴選

書號	書名	作者	定價
1HB004C	諸神之城：伊嵐翠(十周年紀念典藏限量精裝版)	布蘭登·山德森	520
1HB004Y	諸神之城：伊嵐翠（十周年紀念全新修訂版）	布蘭登·山德森	520
1HB013	刺客正傳 1：刺客學徒（經典紀念版）	羅蘋·荷布	299
1HB014	刺客正傳 2：皇家刺客（上）（經典紀念版）	羅蘋·荷布	320
1HB015	刺客正傳 2：皇家刺客（下）（經典紀念版）	羅蘋·荷布	320
1HB016	刺客正傳 3：刺客任務（上）（經典紀念版）	羅蘋·荷布	360
1HB017	刺客正傳 3：刺客任務（下）（經典紀念版）	羅蘋·荷布	360
1HB019	迷霧之子首部曲：最後帝國	布蘭登·山德森	380
1HB020	迷霧之子二部曲：昇華之井	布蘭登·山德森	399
1HB021	迷霧之子終部曲：永世英雄	布蘭登·山德森	399
1HB030	懸案密碼：籠裡的女人	猶希·阿德勒·歐爾森	320
1HB031	迷霧之子番外篇：執法鎔金	布蘭登·山德森	320
1HB034	颶光典籍首部曲：王者之路（上）	布蘭登·山德森	499
1HB035	颶光典籍首部曲：王者之路（下）	布蘭登·山德森	499
1HB036	懸案密碼 2：雉雞殺手	猶希·阿德勒·歐爾森	320
1HB039	懸案密碼 3：瓶中信	猶希·阿德勒·歐爾森	380
1HB041	懸案密碼 4：第 64 號病歷	猶希·阿德勒·歐爾森	380
1HB042	皇帝魂：布蘭登·山德森精選集	布蘭登·山德森	320
1HB049	陣學師：亞米帝斯學院	布蘭登·山德森	320
1HB053	審判者傳奇：鋼鐵心	布蘭登·山德森	320
1HB054	懸案密碼 5：尋人啟事	猶希·阿德勒·歐爾森	380
1HB057	刺客後傳 1：弄臣任務（上）（經典紀念版）	羅蘋·荷布	360
1HB058	刺客後傳 1：弄臣任務（下）（經典紀念版）	羅蘋·荷布	360
1HB059	刺客後傳 2：黃金弄臣（上）（經典紀念版）	羅蘋·荷布	360
1HB060	刺客後傳 2：黃金弄臣（下）（經典紀念版）	羅蘋·荷布	360
1HB061	刺客後傳 3：弄臣命運（上）（經典紀念版）	羅蘋·荷布	450
1HB062	刺客後傳 3：弄臣命運（下）（經典紀念版）	羅蘋·荷布	450
1HB068	異星記	休豪伊	340
1HB071	亞特蘭提斯·基因(亞特蘭提斯進化首部曲)	傑瑞·李鐸	399
1HB072	亞特蘭提斯·瘟疫(亞特蘭提斯進化二部曲)	傑瑞·李鐸	399
1HB073	亞特蘭提斯·新世界（亞特蘭提斯進化終部曲）	傑瑞·李鐸	399
1HB074	審判者傳奇 2 熾焰	布蘭登·山德森	360

書　號	書　名	作　者	定價
1HB079	颶光典籍二部曲：燦軍箴言（上）	布蘭登・山德森	550
1HB080	颶光典籍二部曲：燦軍箴言（下）	布蘭登・山德森	550
1HB081	變態療法	道格拉斯・理查茲	360
1HB082	字母之家	猶希・阿德勒・歐爾森	450
1HB083	刺客系列〈蜚滋與弄臣 1〉弄臣刺客（上）	羅蘋・荷布	499
1HB084	刺客系列〈蜚滋與弄臣 1〉弄臣刺客（下）	羅蘋・荷布	499
1HB085	懸案密碼 6：血色獻祭	猶希・阿德勒・歐爾森	450
1HB086	妹妹的墳墓	羅伯・杜格尼	380
1HB088	審判者傳奇 3 禍星（完結篇）	布蘭登・山德森	360
1HB089	刺客系列〈蜚滋與弄臣 2〉弄臣遠征（上）	羅蘋・荷布	550
1HB090	刺客系列〈蜚滋與弄臣 2〉弄臣遠征（下）	羅蘋・荷布	550
1HB091	末日之旅 3 鏡之城・上	加斯汀・克羅寧	450
1HB092	末日之旅 3 鏡之城・下（完結篇）	加斯汀・克羅寧	450
1HB093	軍團（布蘭登・山德森短篇精選集 II）	布蘭登・山德森	380
1HB094	懸案密碼 7：自拍殺機	猶希・阿德勒・歐爾森	499
1HB095	刺客系列〈蜚滋與弄臣 3〉刺客命運（上）	羅蘋・荷布	699
1HB096	刺客系列〈蜚滋與弄臣 3〉刺客命運（下）	羅蘋・荷布	699
1HB097	被遺忘的男孩	伊莎・西格朵蒂	380
1HB098	迷霧之子──執法鎔金：自影	布蘭登・山德森	450
1HB099	失蹤	卡洛琳・艾瑞克森	380
1HB100	雨野原傳奇 1：巨龍守護者	羅蘋・荷布	599
1HB101	雨野原傳奇 2：巨龍隱地	羅蘋・荷布	599
1HB102	雨野原傳奇 3：巨龍高城	羅蘋・荷布	599
1HB103	雨野原傳奇 4：巨龍之血（完結篇）	羅蘋・荷布	599
1HB104	迷霧之子──執法鎔金：自影	布蘭登・山德森	520
1HB105	破碎帝國首部曲：荊棘王子	馬克・洛倫斯	380
1HB106	破碎帝國二部曲：多刺國王	馬克・洛倫斯	399
1HB107	破碎帝國終部曲：鐵血大帝（完結篇）	馬克・洛倫斯	399
1HB108	龍鱗焰火・上冊	喬・希爾	399
1HB109	龍鱗焰火・下冊	喬・希爾	399
1HB110	颶光典籍三部曲：引誓之劍（上）	布蘭登・山德森	399
1HB111	颶光典籍二部曲：引誓之劍（下）	布蘭登・山德森	399
1HB114	大滅絕首部曲：感染	傑瑞・李鐸	399
1HB115	大滅絕二部曲：密碼	傑瑞・李鐸	399
1HB116	大滅絕終部曲：未來（完結篇）	傑瑞・李鐸	420
1HB117	天防者	布蘭登・山德森	420
1HB118	她最後的呼吸	羅伯・杜格尼	399
1HB119	天防者 II：星界	布蘭登・山德森	420
1HB120	五神傳說首部曲：王城闇影	洛伊絲・莫瑪絲特・布約德	550
1HB121	五神傳說二部曲：靈魂護衛	洛伊絲・莫瑪絲特・布約德	599
1HB122	五神傳說終部曲：神聖狩獵	洛伊絲・莫瑪絲特・布約德	599
1HB123	尋找代號八	羅伯・杜格尼	420

書號	書名	作者	定價
1HB124	冰凍地球首部曲：寒冬世界	傑瑞．李鐸	399
1HB125	冰凍地球二部曲：太陽戰爭	傑瑞．李鐸	420
1HB126	冰凍地球終部曲：失落星球（完結篇）	傑瑞．李鐸	420
1HB127C	無垠祕典	布蘭登．山德森	999
1HB128	狼與守夜人	尼可拉斯．納歐達	450
1HB129	栗子人殺手	索倫．史維斯特拉普	499
1HB130	懸案密碼 8：第 2117 號受難者	猶希．阿德勒．歐爾森	499
1HB131	遺忘效應	喬．哈特	450
1HB132	傳奇之人	肯尼斯．強森	499
1HB133	絕跡試煉	傑瑞．李鐸	499
1HB134	無名之子	布蘭登．山德森	360
1HB135	破鏡謎蹤	坎德拉．艾略特	460
1HB136	烈火謎蹤	坎德拉．艾略特	460
1HB137	颶光典籍四部曲：戰爭節奏（上）	布蘭登．山德森	650
1HB138	颶光典籍四部曲：戰爭節奏（下）	布蘭登．山德森	650
1HB139	失控療程	絲汀娜．福爾摩斯	450
1HB140	非法入境	梅格．蒙德爾	450
1HB141	天防者 III：超感者	布蘭登．山德森	450
1HB142	破咒師	夏莉．荷柏格	450
1HB143	制咒師	夏莉．荷柏格	450
1HB144	一月的一萬道門	亞莉克絲．E．哈洛	450
1HB145	迷霧之子──執法鎔金：謎金（完結篇）	布蘭登．山德森	599
1HB146	晨碎（限量典藏燙金精裝版）	布蘭登．山德森	499
1HB147	魚夜：喬．蘭斯代爾小說精選集	喬．蘭斯代爾	550
1HB148	翠海的雀絲	布蘭登．山德森	599
1HB149C	勤儉魔法師的中古英格蘭生存指南	布蘭登．山德森	699
1HB152	量子未來	傑瑞．李鐸	499
1HB157	白沙．卷 1	布蘭登．山德森	420
1HB158	白沙．卷 2	布蘭登．山德森	420
1HB159	白沙．卷 3【完結篇】	布蘭登．山德森	420

謎幻之城

書號	書名	作者	定價
1HS005C	基地（艾西莫夫百年誕辰紀念典藏精裝版）	以撒．艾西莫夫	380
1HS005Y	基地（紀念書衣版）	以撒．艾西莫夫	280
1HS007C	基地與帝國(艾西莫夫百年誕辰紀念典藏精裝版）	以撒．艾西莫夫	380
1HS007Y	基地與帝國（紀念書衣版）	以撒．艾西莫夫	280
1HS010C	第二基地(艾西莫夫百年誕辰紀念典藏精裝版）	以撒．艾西莫夫	380
1HS010Y	第二基地（紀念書衣版）	以撒．艾西莫夫	280
1HS000P	基地三部曲（未來金屬書盒版）	以撒．艾西莫夫	999
1HS011C	基地前奏(艾西莫夫百年誕辰紀念典藏精裝版）	以撒．艾西莫夫	500
1HS011Y	基地前奏（紀念書衣版）	以撒．艾西莫夫	420
1HS012C	基地締造者(艾西莫夫百年誕辰紀念典藏精裝版）	以撒．艾西莫夫	500
1HS012Y	基地締造者（紀念書衣版）	以撒．艾西莫夫	420
1HS000N	基地前傳（未來金屬書盒版）	以撒．艾西莫夫	999
1HS013C	基地邊緣(艾西莫夫百年誕辰紀念典藏精裝版）	以撒．艾西莫夫	500
1HS013Y	基地邊緣（紀念書衣版）	以撒．艾西莫夫	420
1HS014C	基地與地球(艾西莫夫百年誕辰紀念典藏精裝版）	以撒．艾西莫夫	500
1HS014Y	基地與地球（紀念書衣版）	以撒．艾西莫夫	450
1HS000R	基地後傳（未來金屬書盒版）	以撒．艾西莫夫	999
1HS000Z	基地全系列套書 7 本（紀念書衣版）	以撒．艾西莫夫	2550
1HS000K	基地全系列套書(艾西莫夫百年誕辰紀念燙銀限量專屬流水編號典藏精裝書盒版．共七冊）	以撒．艾西莫夫	3350

境外之城

書號	書名	作者	定價
1HO003Z	天觀雙俠．卷一（俠意縱橫書衣版）	鄭丰（陳宇慧）	300
1HO004Z	天觀雙俠．卷二（俠意縱橫書衣版）	鄭丰（陳宇慧）	300
1HO005Z	天觀雙俠．卷三（俠意縱橫書衣版）	鄭丰（陳宇慧）	300
1HO006Z	天觀雙俠．卷四（俠意縱橫書衣版）	鄭丰（陳宇慧）	300
1HO020Z	靈劍．卷一（劍氣奔騰書衣版）	鄭丰（陳宇慧）	300
1HO021Z	靈劍．卷二（劍氣奔騰書衣版）	鄭丰（陳宇慧）	300

書號	書名	作者	定價
1HO022Z	靈劍・卷三（劍氣奔騰書衣版）	鄭丰（陳宇慧）	300
1HO025Z	神偷天下・卷一（風起雲湧書衣版）	鄭丰（陳宇慧）	300
1HO026Z	神偷天下・卷二（風起雲湧書衣版）	鄭丰（陳宇慧）	300
1HO027Z	神偷天下・卷三（風起雲湧書衣版）	鄭丰（陳宇慧）	300
1HO038Z	奇峰異石傳・卷一（亂世英雄書衣版）	鄭丰（陳宇慧）	300
1HO039Z	奇峰異石傳・卷二（亂世英雄書衣版）	鄭丰（陳宇慧）	300
1HO040Z	奇峰異石傳・卷三（亂世英雄書衣版）	鄭丰（陳宇慧）	300
1HO045	都市傳說 1：一個人的捉迷藏	笭菁	250
1HO046	都市傳說 2：紅衣小女孩	笭菁	250
1HO047	都市傳說 3：樓下的男人	笭菁	250
1HO049	都市傳說 4：第十三個書架	笭菁	260
1HO050	都市傳說 5：裂嘴女	笭菁	260
1HO051	都市傳說 6：試衣間的暗門	笭菁	260
1HO052X	生死谷・卷一（彩紋墨韻書衣版）	鄭丰（陳宇慧）	300
1HO053X	生死谷・卷二（彩紋墨韻書衣版）	鄭丰（陳宇慧）	300
1HO054X	生死谷・卷三（彩紋墨韻書衣版）（最終卷）	鄭丰（陳宇慧）	300
1HO055	都市傳說 7：瑪麗的電話	笭菁	260
1HO056	都市傳說 8：聖誕老人	笭菁	280
1HO058X	古董局中局（新版）	馬伯庸	350
1HO059	古董局中局 2：清明上河圖之謎	馬伯庸	350
1HO060	古董局中局 3：掠寶清單	馬伯庸	350
1HO061	古董局中局 4(終)：大結局	馬伯庸	420
1HO062	都市傳說 9：隙間女	笭菁	280
1HO063	都市傳說 10：消失的房間	笭菁	280
1HO064	都市傳說 11：血腥瑪麗	笭菁	280
1HO066	都市傳說 12（第一部完）：如月車站	笭菁	280
1HO068	都市傳說第二部 1：廁所裡的花子	笭菁	300
1HO069	都市傳說第二部 2：被詛咒的廣告	笭菁	280
1HO070	巫王志・卷一	鄭丰	320
1HO071	巫王志・卷二	鄭丰	320
1HO072	巫王志・卷三	鄭丰	320
1HO073	都市傳說第二部 3：幽靈船	笭菁	280
1HO074	恐懼罐頭（全新電影書封版）	不帶劍	350
1HO075	都市傳說特典：詭屋	笭菁	280
1HO076	都市傳說第二部 4：外送	笭菁	300
1HO077	有匪 1：少年遊	Priest	350
1HO078	有匪 2：離恨樓	Priest	350
1HO079	有匪 3：多情累	Priest	350
1HO080	有匪 4：挽山河	Priest	350
1HO081	都市傳說第二部 5：收藏家	笭菁	300
1HO082	巫王志・卷四	鄭丰	320
1HO083	巫王志・卷五（最終卷）	鄭丰	320

書號	書名	作者	定價
1HO084	杏花渡傳說	鄭丰	250
1HO085	都市傳說第二部 6：你是誰	笭菁	300
1HO086	都市傳說第二部 7：撿到的 SD 卡	笭菁	300
1HO087	都市傳說第二部 8：人面魚	笭菁	300
1HO088	氣球人	陳浩基	380
1HO089	都市傳說第二部 9：菊人形	笭菁	300
1HO101	都市傳說第二部 10：瘦長人	笭菁	300
1HO102	七侯筆錄之筆靈（上）	馬伯庸	450
1HO103	七侯筆錄之筆靈（下）	馬伯庸	450
1HO104	都市傳說第二部 11：八尺大人	笭菁	300
1HO105	恐懼罐頭：魚肉城市	不帶劍	350
1HO106	崩堤之夏	黑貓 C	350
1HO107	口罩：人間誌異	星子、不帶劍、路邊攤、龍雲、芙蘿	360
1HO108	都市傳說第二部 12（完結篇）：禁后	笭菁	300
1HO109	百鬼夜行卷 1：林投劫	笭菁	320
1HO110	末殺者【上】	畢名	399
1HO111	末殺者【下】	畢名	399
1HO112	百鬼夜行卷 2：水鬼	笭菁	320
1HO113	詭軼紀事·零：眾鬼閑遊	笭菁、龍雲、尾巴 Misa、御我、路邊攤	320
1HO114	制裁列車	笭菁	320
1HO115	百鬼夜行卷 3：魔神仔	笭菁	320
1HO116	詭軼紀事·壹：清明斷魂祭	Div(另一種聲音)、星子、龍雲、笭菁	340
1HO117	百鬼夜行卷 4：火焚鬼	笭菁	320
1HO118	百鬼夜行卷 5：座敷童子	笭菁	330
1HO119	詭軼紀事·貳：中元萬鬼驚	Div（另一種聲音） 尾巴 Misa 龍雲 笭菁	340
1HO120	逆局·上冊（愛奇藝原創劇集《逆局》原著小說）	千羽之城	380
1HO121	逆局·下冊（愛奇藝原創劇集《逆局》原著小說）	千羽之城	380
1HO123	詭軼紀事·參：萬聖鐮血夜	Div（另一種聲音） 尾巴 Misa 龍雲 笭菁	340
1HO124	詭軼紀事·肆：喪鐘平安夜	Div（另一種聲音） 尾巴 Misa 龍雲 笭菁	340
1HO125	武林舊事·卷一：青城劣徒	賴魅客	399
1HO126	武林舊事·卷二：亡命江湖	賴魅客	399
1HO127	武林舊事·卷三：太白試劍	賴魅客	399
1HO128	武林舊事·卷四：決戰皇城（最終卷）	賴魅客	399
1HO129	百鬼夜行卷 6：黃色小飛俠	笭菁	330

書號	書名	作者	定價
1HO130	怪奇捷運物語 1：妖狐轉生	芙蘿	360
1HO131	怪奇捷運物語 2：神劍戲月	芙蘿	360
1HO132	怪奇捷運物語 3：麒麟破繭（完結篇）	芙蘿	360
1HO133	低智商犯罪	紫金陳	399
1HO134	百鬼夜行卷 7：吸血鬼	笭菁	340
1HO135	百鬼夜行卷 8：狼人	笭菁	340
1HO136	詭軼紀事·伍：頭肩三把火	Div（另一種聲音） 尾巴 Misa 龍雲 笭菁	340
1HO137	綾羅歌 · 卷一	鄭丰	380
1HO138	綾羅歌 · 卷二	鄭丰	380
1HO139	綾羅歌 · 卷三	鄭丰	380
1HO140	綾羅歌 · 卷四（完結篇）	鄭丰	380
1HO141	我在犯罪組織當編劇	林庭毅	350
1HO142	百鬼夜行卷 9：報喪女妖	笭菁	340
1HO143	冤伸俱樂部	林庭毅	350
1HO144	詭軼紀事·陸：禁忌撿紅包	Div（另一種聲音） 尾巴 Misa 龍雲 笭菁	340
1HO145	迴陰(金馬創投及台灣優良電影劇本改編小說）	盧信諺	450
1HO146	百鬼夜行卷 10：食人鬼	笭菁	360
1HO147	鬼市傳說 1：跟鬼交易	汎遇	380
1HO148	鬼市傳說 2：請鬼拿藥	汎遇	380
1HO149	鬼市傳說 3（完結篇）：與鬼同行	汎遇	380
1HO150	百鬼夜行卷 11：雪女	笭菁	360
1HO151	鬼樂透	龍雲	360
1HO152	詭軼紀事·柒：人骨音樂盒	Div（另一種聲音） 尾巴 Misa 龍雲 笭菁	360
1HO153	百鬼夜行卷 12（完結篇）：拉彌亞	笭菁	360
1HO154	災難預言事務所	林庭毅	350
1HO155	SIN 原罪 I：性·掠食者	笭菁	360
1HO156	魔蟲人間 1	陳浩基	350
1HO157	魔蟲人間 2·黑白	陳浩基	380
1HO158	靈首村	千年雨	350
1HO159	SIN 原罪 II：怒·施暴者	笭菁	380
1HO160	詭軼紀事·捌：噬人詭衣櫃	Div（另一種聲音） 尾巴 Misa 龍雲 笭菁	360
1HO161	SIN 原罪 III：饞·耽溺者	笭菁	380

F-Maps

書號	書名	作者	定價
1HP001	圖解鍊金術	草野巧	300

書號	書名	作者	定價
1HP002	圖解近身武器	大波篤司	280
1HP004	圖解魔法知識	羽仁礼	300
1HP005	圖解克蘇魯神話	森瀨繚	320
1HP007	圖解陰陽師	高平鳴海	320
1HP008	圖解北歐神話	池上良太	330
1HP009	圖解天國與地獄	草野巧	330
1HP010	圖解火神與火精靈	山北篤	330
1HP011	圖解魔導書	草野巧	330
1HP012	圖解惡魔學	草野巧	330
1HP013	圖解水神與水精靈	山北篤	330
1HP014	圖解日本神話	山北篤	330
1HP015	圖解黑魔法	草野巧	350
1HP016	圖解恐怖怪奇植物學	稲垣榮洋	320
1HP017	古生物終極生存圖鑑	土屋健	420

聖典

書號	書名	作者	定價
1HR009C	武器屋（全新封面燙金典藏精裝版）	Truth in Fantasy 編輯部	420
1HR014C	武器事典（全新封面燙金典藏精裝版）	市川定春	420
1HR026C	惡魔事典（精裝典藏版）	山北篤等	480
1HR028X	怪物大全（全新封面燙金典藏精裝版）	健部伸明	特價 999
1HR031	幻獸事典（精裝）	草野巧	特價 499
1HR032	圖解稱霸世界的戰術——歷史上的 17 個天才戰術分析	中里融司	320
1HR033C	地獄事典（精裝）	草野巧	420
1HR034C	幻想地名事典（精裝）	山北篤	750
1HR036C	三國志戰役事典（精裝）	藤井勝彥	420
1HR037C	歐洲中世紀武術大全（精裝）	長田龍太	750
1HR038C	戰士事典（精裝）	市川定春、怪兵隊	420
1HR039C	凱爾特神話（精裝）	池上正太	540
1HR042C	日本甲冑事典（精裝）	三浦一郎	799
1HR043C	詭圖：地圖歷史上最偉大的神話、謊言和謬誤（精裝）	愛德華．布魯克希欽	699
1HR044C	克蘇魯神話事典（精裝）	森瀨繚	699
1HR045C	中國鬼怪圖鑑（精裝）	張公輔	550
1HR046C	世界地圖祕典：一場人類文明崛起與擴張的製圖時代全史（精裝）	湯瑪士．冉納森．伯格	899
1HR047C	作家的祕密地圖：從中土世界，到劫盜地圖，走訪經典文學中的想像疆土	休．路易斯一瓊斯	890
1HR048C	幻想惡魔圖鑑（精裝）	監修者：健部伸明	650

1HR049C	中國甲冑史圖鑑（精裝）	周渝	650
1HR050C	鬼滅之刃大正時代手冊：以真實史料全方位解讀《鬼滅》筆下的歷史與文化	大正摩登同人會	450
1HR051C	都市傳說事典：臺灣百怪談（精裝）	何敬堯	750
1HR052C	妖怪大圖鑑（精裝）（日本國寶大師・鬼太郎作者・妖怪博士水木茂首次授權全彩圖鑑）	水木茂	750
1HR053C	世界經典戰爭史：影響世界歷史的 55 場戰爭全收錄！（精裝）	祝田秀全	450
1HR054C	中世紀歐洲圖鑑（精裝）	新星出版社編集部	750

城邦文化奇幻基地出版社

Fantasy Foundation Publications

http://www.facebook.com/ffoundation/

TEL：02-25007008 FAX：02-25027676

國家圖書館出版品預行編目資料

夜鶯眼中的惡靈：A.S.拜厄特童話作品集 / A.S.拜厄特著；李函譯. -- 初版. -- 臺北市：奇幻基地出版, 城邦文化事業股份有限公司出版：英屬蓋曼群島商家庭傳媒股份有限公司城邦分公司發行, 2024.07
面； 公分
譯自：The Djinn in the nightingale's eye

ISBN 978-626-7436-04-2 (平裝)

873.57 112022903

夜鶯眼中的惡靈：A · S · 拜厄特童話作品集

原著書名／THE DJINN IN THE NIGHTINGALE'S EYE
作　　者／A · S · 拜厄特
企劃選書人／張世國
責任編輯／何寧

版權行政暨數位業務專員／陳玉鈴
資深版權專員／許儀盈
行銷企劃主任／陳姿億
業務協理／范光杰
總　編　輯／王雪莉
發　行　人／何飛鵬
法律顧問／元禾法律事務所　王子文律師
出　　　版／奇幻基地出版
城邦文化事業股份有限公司
台北市 115 台北市南港區昆陽街 16 號 4 樓
電話：（02）2500-7008　傳真：（02）2502-7676
部落格：http://stareast.pixnet.net/blog　E-mail：stareast_service@cite.com.tw
發　　　行／英屬蓋曼群島商家庭傳媒股份有限公司城邦分公司
台北市115台北市南港區昆陽街 16 號 8 樓
書虫客服服務專線：（02）2500-7718 /（02）2500-7719
24小時傳真服務：（02）2500-1990 /（02）2500-1991
服務時間：週一至週五上午9:30～12:00，下午13:30～17:00
郵撥帳號：19863813　戶名：書虫股份有限公司
讀者服務信箱E-mail: service@readingclub.com.tw
歡迎光臨城邦讀書花園　網址：www.cite.com.tw
香港發行所／城邦（香港）出版集團有限公司
香港九龍九龍城土瓜灣道86號順聯工業大廈6樓A室
電話：（852）2508-6231　　傳真：（852）2578-9337
E-mail : hkcite@biznetvigator.com
馬新發行所／城邦（馬新）出版集團　Cite（M）Sdn. Bhd
41, Jalan Radin Anum, Bandar Baru Sri Petaling,
57000 Kuala Lumpur, Malaysia.
Tel:（603）90578822 Fax:（603）90576622　E-mail:cite@cite.com.my

封面設計／萬勝安
內頁排版／芯澤有限公司
印　　　刷／高典印刷有限公司

■ 2024 年 7 月 4 日初版一刷　　Printed in Taiwan

售價／380元

城邦讀書花園
www.cite.com.tw

The Djinn In The Nightingale's Eye by A. S. Byatt

First published in Great Britain by Chatto & Windus Ltd, 1994
This edition arranged with INTERCONTINENTAL LITERARY AGENCY LTD(ILA)
through BIG APPLE AGENCY, INC., LABUAN, MALAYSIA.

ISBN 978-626-7436-04-2

廣　告　回　函	
北區郵政管理登記證	
台北廣字第000791號	
郵資已付，免貼郵票	

115台北市南港區昆陽街16號8樓

英屬蓋曼群島商家庭傳媒股份有限公司城邦分公司 收

請沿虛線對摺，謝謝

奇幻基地

每個人都有一本奇幻文學的啓蒙書

奇幻基地粉絲團：http://www.facebook.com/ffoundation

書號：1HI136　書名：夜鶯眼中的惡靈

請於此處用膠水黏貼

讀者回函卡

謝您購買我們出版的書籍！請費心填寫此回函卡，我們將不定期寄上城邦集最新的出版訊息。亦可掃描 QR CODE，填寫電子版回函卡

姓名：____________________________

性別：□男　□女

生日：西元__________年__________月__________日

地址：____________________________

聯絡電話：______________ 傳真：______________

E-mail：____________________________

職業：□ 1. 學生 □ 2. 軍公教 □ 3. 服務 □ 4. 金融 □ 5. 製造 □ 6. 資訊

□ 7. 傳播 □ 8. 自由業 □ 9. 農漁牧 □ 10. 家管 □ 11. 退休

□ 12. 其他 ____________________

您從何種方式得知本書消息？

□ 1. 書店 □ 2. 網路 □ 3. 報紙 □ 4. 雜誌 □ 5. 廣播 □ 6. 電視

□ 7. 親友推薦 □ 8. 其他 ____________________

您通常以何種方式購書？

□ 1. 書店 □ 2. 網路 □ 3. 傳真訂購 □ 4. 郵局劃撥 □ 5. 其他 ______

您喜歡閱讀哪些類別的書籍？

□ 1. 財經商業 □ 2. 自然科學 □ 3. 歷史 □ 4. 法律 □ 5. 文學

□ 6. 休閒旅遊 □ 7. 小說 □ 8. 人物傳記 □ 9. 生活、勵志

□ 10. 其他 ____________________

請於此處用膠水黏貼